カゲロウデイズ ノベルアンソロジー

原作・監修：じん（自然の敵P） 著：翠寿ほか

KCG文庫

カゲロウデイズ ノベルアンソロジー
CONTENTS

本書は、2014年8月にpixivで実施した
「カゲロウプロジェクト小説コンテスト」の
優秀作を収録したものです。
この物語の内容は、「カゲロウプロジェクト」に
登場するキャラクターを元にした公式二次創作です。
「カゲロウプロジェクト」の本編のストーリーや
設定とは異なる部分もあります。

「ありがとう」
「絶対、コーラ、飲んでね。約束。だよ」
『記憶』

イラスト：藤

「セト、久しぶり」
「マリー……？」
『Goodbye dreamforest』

STORY.01
夏の音
本文イラスト／花咲まにお
翠寿
KAGEROU DAZE

「任務だ。お前ら、海に行くぞ」

八月の終わり、突然そんなことを言い出した団長・キドの言葉に、アジトでは若者達の歓喜の声が上がった。

カゲロウデイズ終結後、任務と言って集められたメカクシ団メンバーと一人の女の子は、かくして海に行くことになったのである。初代団長を加えた十一人の子供達は意気揚々《いきようよう》と仕度《したく》を整え、海開き宣言の三日後には電車に乗り込んでいた。

うっかり忘れかけていたがメカクシ団は秘密組織なるものであり、今までも多数の依頼をこなしてきているらしい。今回はキドが贔屓《ひいき》にしている八百屋《やおや》のおばさんから依頼を受けたそうだ。

なんでも彼女の親戚《しんせき》が海の家を経営しているらしいのだが、従業員が数人夏風邪《かぜ》でばててしまって人手が足りないらしい。そこでヘルプとして白羽《しらは》の矢が立ったのが我らメカクシ団だったという訳だ。いつもお世話になっているおばさんの頼みを無下に断る訳にもいかず、キドは二つ返事でオーケーを出してしまったらしい。この時点でオレ達に拒否権《きょひけん》なんてなかった訳だが、この際それは置いておく。

はしゃぎ盛《ざか》りな子供達が海という一大イベントに喜ばない訳がない、海の家の手伝いという仕事は建前《たてまえ》で、本当のところは任務にかこつけて遊ぶ気満々であった。それならそれでいいのだが、依頼はちゃんとこなさないと今後の信頼に関わるだろう。その辺はきっと依頼を受けてきた張本人であるキドがなんとかしてくれるだろうが、オレとしては不安しかない。

楽しそうに話す団員達を横目に、オレはあまり騒《さわ》がないようにと友人達に注意を飛ばしながら窓の外を見やる。トンネルを抜け、見えてきた青い光に自然と目を細めた。車内にわっと歓声が上がるのを他人事《ひとごと》のように聞いていた。

海だ。数年ぶりに見る大きな水溜《みずた》まりにオレはそっと息を吐き出した。

5　夏の音

「一時からシフトに入ることになっている。それまでは各自好きなように時間を潰《つぶ》してくれて構わない。十分前に海の家〝蒼《あお》〟に集合だ、わかったな？」

はーい!!

それぞれの水着に着替えたメンバーが団長の指示に行儀《ぎょうぎ》のいい返事を寄越して散開する。

現在の時刻は十時を少し回ったところ、およそ三時間の自由時間が与えられた訳だ。夏の終わり頃とはいえまだまだ日中は蒸し風呂《むぶろ》のように暑いため海に涼しさを求めに来る人は少なくない。それなりに人の多い砂浜でオレはグルリと辺りを見回し、どうしたものかと考える。このままシフトの時間までボーッとして過ごすのも悪くないが、折角《せっかく》海に来たのだから少しぐらい遊んでおきたい。ひとまずは水に触れてみようかと波打ち際に足を向けた時、唐突《とうとつ》に肩に重みがかかって上体が前のめりに傾《かし》いだ。何事かと顔を動かしたことで突然の重力の犯人が猫目の男と知る。

「暑苦しい、とっとと退《ど》けカノ」

「まぁまぁそう邪険《じゃけん》にしないでよ。仲良くしよう仲良く、ね？」

どの口がそんなことを言うのか。いけしゃあしゃあと親しさを演出する男の口に砂でも詰《つ》めてやろうかと思う。

「なんの用だよ……絡《から》みたいなら他の奴らのとこにでも行ってこい」

「冷たいなぁシンタロー君。そんなこと言わないでさ、これは君としか話せないことなんだ」

声を潜《ひそ》め、密《ひそ》やかさを醸《かも》し出すカノの目は辺りを警戒するようにキョロキョロと動いている。一方的に肩を組んだまま、オレの耳に手を当てこっそりと囁《ささや》いた。

「……女子の水着、どう思う？」

「はぁ？」

何かと思えばそんなくだらない話か。あまりにも突拍子《とっぴょうし》のない話題にオレは思わず脱力してしまった。実に馬鹿馬鹿しい、だが年相応《そうおう》の話題だ。

からかっているのかとカノを睨《にら》みつけるが奴は至って真面目《まじめ》な様子である。同じ思春期男子としては十分に興味のある話題だったのでオレは渋々《しぶしぶ》という体《てい》を装《よそお》いながら女性陣に目を移した。

「どうって……別に普通じゃね」

「いやほら感想とかあるじゃん。ぶっちゃけ誰が一番好みなの？」

「誰ってお前……」

下世話《げせわ》すぎる話題ではあるが、ここ数年引きこもっていたオレにとってこういった男の友人と出来る会話は新鮮であった。エネこと貴音《たかね》とこんな話なんて当然出来る訳がないし、モモは論外《ろんがい》。遠い昔に遥《はるか》先輩と雑誌を眺めながらどの女の子が好みかなんて話したことがあったかもしれないが、基本的にあの人はそういった話題をあまり振ってこなかった。

それぞれ海を楽しんでいるらしいメカクシ団女子メンバーの麗《うるわ》しい水着姿を網膜《もうまく》に収め、しばし考える。全員タイプがバラバラなので誰がいいかなんて言えば好みが一目瞭然《いちもくりようぜん》だ。とは言え全員それぞれの良さがあるなんてお綺麗《きれい》な言葉は、こいつは望んでいないだろう。

「……キドは露出《ろしゅつ》が少ないな」

「あー、ね。細いんだからビキニとかでもいけると思うんだけど、本人が恥ずかしがり屋さんだから。着たまま泳げるパーカーなんて考え出した人に恨《うら》み言の一つや二つ言ってやりたいよ」


レジャーシートを広げてその上でクーラーボックスやらタオルやらを整理するキドは母親の様だった。長い髪の毛はポニーテールにして纏《まと》めあげ、半袖《はんそで》のパーカーの下はデニム生地を模した短いパンツ。水着と言うよりはラフな私服に近い格好であった。実にキドらしいが、男としての本音を言わせてもらうと少し残念である。普段のキドと比べると遥《はる》かに露出度の多い服装だが、海という場所に来てこの格好はかなり防御《ぼうぎょ》の堅い方だと言えよう。

そんな彼女の隣で必死になって浮き輪に空気を吹き込んでいたマリーは白を基《き》調《ちょう》としたひらひらふわふわな綿菓子のような可愛《かわい》らしい水着を身に纏っていた。柔らかな布の重なりが彼女の幼さを際立たせている。

「マリーはどう？　シンタロー君ああいう感じの好きそうじゃない」

「可愛いとは思うが……子供っぽいっつーか、な」

「なるほどね。子供と言えば本家ロリっ子のヒヨリちゃんもいるけど」

カノが指差す方向に目を向ければ、メカクシ団最年少コンビであるヒビヤとヒヨリの姿が。いくらヒヨリに冷たくあしらわれようが諦《あきら》めないヒビヤのガッツはいっそ尊敬に値する。桃色のワンピース型の水着には小さな花びらがちりばめられていて、可憐《かれん》な少女によく似合っている。

「オレはロリコンじゃねえっつの！」

「やだなぁ怒んないでってば。あっ、ほらほら君の妹ちゃんは？」

「シスコンでもねぇ！」

モモの水着はメンバーの中でダントツ布の面積が少ない。仕事柄《しごとがら》露出の多さには慣れてしまったのだろうが、兄としては少しばかり心配だ。せめて顔を隠す努力ぐ

らいはしろと、頭から被せてやった薄手のパーカーを今は着ているようだからまだマシだが、不安は尽きない。
しかしこうして見るとやっぱりあいつ胸がでか……いや止《や》めておこう。

「遥先輩と貴音は相変わらずだな」
「あの二人何で付き合ってないんだろうね」

横に視線を滑らせれば仲睦《なかむつ》まじく話す先輩二人がいた。巡《めぐ》る夏を越え、本来の自分の姿を取り戻した二人は以前よりも親密《しんみつ》になったようだが不思議なことに付き合ってはいないらしい。とっとと爆発してしまえリア充《じゅう》め。
ガサツで乱暴者《らんぼうもの》な貴音ですらも水着は随分《ずいぶん》と可愛らしいものをチョイスしている。エネ時代から思っていたが胸の貧相《ひんそう》さはどうにかならないのだろうか。言ったら間違いなく張《は》り手が飛んでくるだろうから口にはしないが。

「まぁ貴音先輩はないとして」

「お前って結構失礼な奴だよな」

「シンタロー君はやっぱり姉ちゃんなんでしょ。知ってた。うん、姉ちゃん可愛いから仕方ないね」

「勝手に決めつけんなよ！」

悟ったような顔で頷《うなず》くカノを引き剝《は》がして一つ頭を叩《たた》く。ペシリと上がった音にカノが「いたっ」なんて言ったけれど、実際は痛くもなんともないと思う。

視界の端に淡《あわ》い赤色を主とした水着を着た少女が映る。キド達と何事かを話し、軽やかに笑う彼女の姿はここ数年間焦《こ》がれ続けたものだ。朱色のリボンが胸の辺りで揺れ、意外と着やせするタイプなんだとぼんやりと思う。腰周りを覆《おお》う布の下からスラリと伸びた健康的な脚《あし》に自然と目が吸い寄せられてしまうのは仕方のないことだった。

「……見すぎだよシンタロー君、気持ち悪い」

「ばッ……!!」

「言っとくけど姉ちゃんはあげないから」

急に温度の下がった声にギクリと心臓が跳ね上がる。ジト目でこちらを睨むカノは敵意むき出しであった。


「……お前の方がシスコンじゃねぇか」

「僕シスコンだもん。何か問題でも？」

「開き直ってんじゃねぇよ」

「さってと!!　女の子達をいやらしい目で見てる変態さんは放《ほう》っておいて海に入りに行こうかなー！」

「お前なぁッ!!」


一発ぐらい殴っても許されるだろうと拳《こぶし》を振り上げたところでカノは軽快な足取りで海の方へと駆けていった。なんて白々《しらじら》しい奴だ。そもそも言いだしっぺはあいつの方だったと言うのに、腹立たしいことこの上ない。

いつか絶対仕返ししてやると心に決めながらオレも奴の後に続く。いつの間にか準備を終えていたメンバーが続々と海の中に入って行くのを見て自然と頬《ほお》が緩んだ。砂浜にいるオレに向かって元気よく手を振る友人達に軽く手を挙げることで応える。

寄せる波に足を入れれば冷たく冷えた水が素足を刺激した。海に入るのなんて何年ぶりだろう。引き上げた記憶に伴って胸を刺すような痛みもこみ上げてきてオレは緩く頭を振る。

今はとにかく友人達との時間を楽しもう。飛んできたビーチボールを投げ返せば水しぶきが日の光を反射して宝石のように輝いた。

数十分遊び倒してすっかり底をついたヒキニートの体力を復活させるために、オレは海から上がって自分達のレジャーシートを目指した。モモのスパイクを受けて鈍く痛む鼻っ柱も冷やしたい。ビーチボールは立派な凶器、身をもって学んだ。

はしゃぎすぎで疲れ果てた頭と体を動かしながらシートにたどり着いたオレは、そこにいる先客におやと首を傾げた。

「セト？　お前も休憩か？」

アジトの倉庫から引っ張り出してきたビーチパラソルの下で暇そうに海を眺める人物は、メンバーの中で一番海が似合う男だと言っても過言ではない。そういえばこいつはドッジボール、ではなくビーチボール投げにも参加していなかったなと思い出す。

爽《さわ》やかイケメンことセトは困ったように苦笑した。そんな顔もイケメンである。こいつの顔面偏差値はどうなっているのか。

「あー、俺は荷物番なんで」

「あぁ、そういうことか。じゃあオレが代わりに見ててやるから遊んでこいよ」

暫《しばら》くは動きたくないとシートの上に腰を下ろし、クーラーボックスに手を伸ばす。何を求めているのか察してくれたセトがサッと手渡してくれた黒色炭酸飲料のペットボトルを一つ礼を言って受け取った。赤いキャップを捻《ひね》ればプシュリと気持ちのいい音が鳴る。

「うーん、俺はいいっすよ。こうやって見てるだけで十分楽しいっす」

「入らないのか？」

「まぁ、そうっすね。ちょっと気分じゃないので」

喉《のど》を通っていった炭酸がシュワリと気泡を弾き出す。まとわりつく様な甘味を飲み込んでペットボトルの口から顔を離した。

パラソルの影に覆《おお》われたセトの表情は浮かないものに見える。その理由に思い当たったオレは、手持ち無沙汰《ぶさた》にペットボトルの表面に張り付いている水滴を掌《てのひら》で拭《ぬぐ》った。

いつかのキドとの会話で聞いた団員達の過去を思い出す。カゲロウデイズに巻き込まれる理由となった痛みを伴う思い出。セトのそれはたしか犬を助けようとして増水した川に飛び込んだのが原因だったはずだ。目の前に広がる広大な水の流れに過去のトラウマを重ねて見ていたとしてもおかしくない。

「……悪い」

「え？　いやそんな、謝らないでくださいよ。俺のことは気にしないで遊んできてくださいっす」

察しの悪かった自分を悔いて呟《つぶや》くように謝罪を口にすれば、セトは慌てて手を振り笑顔を浮かべた。どっかの猫目と違ってセトは本当に良い奴だ。誰にでも好かれる爽やか好青年。辛《つら》いだろうに、それを内側に溜め込んで笑みを象《かたど》る後輩にオレは苦く顔を顰《しか》める。

飲み終えた炭酸を冷えたボックスの中に戻し、バッグの中に詰め込まれていたタオルを一枚拝借して自分の肩にかける。無地のそれの端で頬を流れる水滴を拭い、浅瀬で楽しそうにはしゃぐ友人達に目を向けた。この後任務という名のアルバイトが待っているというのに元気なものだ。遊びで体力を使い果たさないといいが。オレのようにバテバテになってしまったら仕事どころではなくなってしまうだろう。

しばしそうやって海を眺めていると、フラフラと覚束《おぼつか》ない足取りでこちらに向かってくる人影に気がついた。オレが貸してやった上着に袖を通して目深《まぶか》にフードを被った彼女は、シートにたどり着くやいなや勢いよくオレとセトの間に倒れ込んでくる。衝撃でシートの上に散った砂を払い除《の》けながらオレは妹の頭に新しいタオルを載せてやった。


「大丈夫かモモ」

「うー……ちょっと気持ち悪い……」

「キサラギさん具合悪いんすか？」

「えぇっと……うぅん、そんな感じです」

「お前と一緒だよセト。だから止めとけって言ったのにこの馬鹿は……」

　オレの一言ですべてを把握したセトはハッとした様子で口を噤《つぐ》んだ。仰向《あおむ》けになって顔の上にタオルを被せたモモが胸の内の嫌悪感《けんおかん》を吐き出すように深呼吸を繰り返している。

　モモもセトと同じ。この海ではないが、幼い頃に海難事故にあったモモはそれ以来極端《きょくたん》に海を避《さ》けていた。仕事でも直接海に赴《おもむ》くようなものは断っていると言っていたのに、今回の任務には絶対に行くと言い張って聞かなかったのだ。妹の身を案《あん》じて難色を示していたオレに「大丈夫だから！」と押し切って迎えた今日。案の定海への恐怖心に耐え切れなかったモモはこうして陸に上がってきてしまっている。深いところには行かないように気をつけているみたいだが怖いものは怖いのだろう。マリー達の前では強がっていたが、本当のところは波を見るだけで震え上がってしまいそうな程恐ろしいに違いない。

「あー、少しは慣れてきたと思ったんだけどなぁ」

そう悔しそうに呟いたモモはタオルの下で一体どんな表情を浮かべていたのだろう。底抜けに明るい二人の思わぬ影を見て、オレは無言でボックスから飲み物を取り出す。清涼飲料水をモモの首筋に当ててやれば、女子高生とは思えぬ奇《き》っ怪《かい》な悲鳴があがった。飛び起きて睨みつけてくる妹に飲み物を押し付け、立ち上がる。

「よし、城を作るぞ」

「「はい？」」

　仲良く声を揃《そろ》えてオレを見上げる二人を他所《よそ》に誰が持ってきたのかも分からないバケツと園芸用シャベルを手に取る。ビーチサンダルを突《つ》っ掛《か》け、シートからそう遠くない場所に陣取《じんど》ってシャベルの先端を砂に差し込んだ。

「ここに城を建設する。堀付きの凄《すご》いやつだ。なんなら庭も付けていい。オレが図案を考えるからお前らも手伝え」

「はぁ……砂遊びっすか」

「急にどうしたのお兄ちゃん、熱でもあるの？」

「これは遊びではないし熱もない。いいかお前ら、これは建設作業だ。生半可《なまはんか》なものじゃ駄目《だめ》なんだ、ナンバーワンよりオンリーワン、世界一の美しい城をここに建てる使命がオレ達にはある」

「何言ってんの？」

急に語りだしたオレに妹のゴミでも見るような冷たい視線が突き刺さる。止めるんだモモ、兄のライフはもう底をついてるんだ。これ以上のダメージはマイナス値を記録してしまう。

あのセトですらも生暖かい目を寄越《よこ》してくるものだから、オレは耐え切れずに奴に向かって空のバケツを投げつけた。

「ええいうるさい！　とにかくセトは水を調達《ちょうたつ》してこい！　モモはそれ飲んだらここ掘るのを手伝え！　わかったな⁉」

「えええ、そんな横暴《おうぼう》な……！」

「無茶苦茶《むちゃくちゃ》だよお兄ちゃん……」

言われなくとも重々承知《じゅうじゅうしょうち》している。無茶苦茶だ、我ながら支離滅裂《しりめつれつ》すぎて意味が分からない。

だが海に入れない二人と共に楽しむ方法がこれしか浮かばなかったのだからしょうがないではないか。友人と海に遊びに来るのなんて滅多《めった》にないことなのだから。

無心で砂を掘り返していると、片手に子供用のシャベルを持ったモモがオレの隣に腰を下ろした。上の水道から水を汲んできたセトも合流して三人で頭を付き合わせる。

「私外国のお城みたいなやつが作りたい！」

「いいっすねー。折角だからとびきり凄《すご》いやつ作っちゃいましょうか！　それで戻ってきた皆をビックリさせましょう！」

「はい！」

「……昔みたいに壊すなよ」

「もう子供じゃないんだからそんなことしないよっ！　大体《だいたい》あれはお兄ちゃんがいい感じのお城を作ったりするから……！」

「オレは砂場でのあの悲劇を忘れない」

「だからもうしないってば！　根に持つの止めてよね！」

言い合いながら三人でザクザクと穴を広げ、掘った砂を山状に積み上げていく。

荷物にも気を配《くば》りながらオレ達は着々と砂遊びを進めていった。この年になってからやる砂遊びは意外と面白くて作業にも自然と熱が入る。最初は冗談半分だったのだがいつの間にやら三人とも本気になって城を形成していた。

やがて海から上がってきたメンバーが続々と砂遊びに加わっていき、気が付けば湖面《こめん》に浮かぶ古城というタイトルの膝丈《ひざたけ》まである傑作《けっさく》が完成していたのだった。


午後からの任務ははっきり言って散々だった。

海の家〝蒼〟の店主であるおじさんは強面《こわもて》のいかにも厳《きび》しそうな人で、口数も少ないとっつきづらいお方。仕事の内容は毎年この時期に手伝いに来ているという店主の親戚のお姉さんに教えてもらい、メカクシ団はほぼぶっつけ本番で仕事に臨《のぞ》むことになった。

基本的には店への呼び込みとホールの接客、そして中での調理作業の三つに分かれて働いた。カノとヒビヤとヒヨリが浜辺で呼び込み、セトとモモと貴音と遥先輩が接客、残りは調理場でてんやわんやの大騒ぎ。顔バレしないようにとモモに合わせて、接客スタッフは皆で海の生き物のお面を装着《そうちゃく》して仕事を行っていたのがとてもシュールだった。そもそもあのお面は一体どこから入手してきたのだろう。カニやタコはまだしもナマコは大変シュールだった。画風がリアルだったのが敗因だと思う。

客の入りがそれなりに多かったせいで仕事はやけに忙しく、時間の流れを気にする余裕もなかった。気が付けば辺りは暗くなっていて、漸《ようや》く勤務時間の終了を迎えたのだと知る。お疲れ様というお姉さんの言葉を聞いてメンバー全員がその場に崩れ落ちたのは当然の流れだった。

もう一歩も歩けない。掃除《そうじ》を終えた客席にグッタリと体を預《あず》けるオレ達。

任務を達成した今、やることといえば後は帰るだけなのだが、いかんせん体が重すぎて動く気になれなかった。このまま寝てしまいたいと思ったのはオレだけではないだろう。

仕事慣れしているセトがお姉さんから依頼金を受け取るのを横目で見ながら、この後自宅に帰る労力を考えてため息が漏《も》れる。帰りたいけど帰りたくない。まるで複雑な乙女《おとめ》の心境だ。乙女心を履《は》き違えていると説教をくらいそうだが。

疲労感に項垂《うなだ》れるオレ達の元に大きなビニール袋を持った店主がやって来た。相変わらずの無愛想《ぶあいそう》な表情。だらけていることを怒られるかもしれないと感じ取って全員の背がピシャリと伸びた。

店主はオレ達の顔を順に一瞥《いちべつ》した後、小さく頷いてから一番近くにいた遥先輩にビニール袋を押し付け、そのまま何事もなかったかのように去っていった。一体何だったのかとホッと息をつくオレ達の中、袋の中身を確認した遥先輩から驚きの声が零《こぼ》れた。

「ねぇねぇ皆！　見てこれ！」

喜びの色が滲《にじ》む声に自然と視線が集まり、ガサリと音をたてて袋から顔を出した予想外の品物に一同歓声《かんせい》をあげた。

店主がぶっきらぼうに渡してくれたのは特大の花火パックが二つ。労《ねぎら》いの品ということだろうか。不器用《ぶきよう》な優しさにメンバーは仕事での疲れも忘れて大いに喜んだ。花火の一つや二つでこのはしゃぎっぷり、安い人間達である。

「これはもう派手にやるしかないね……！」

ニヤリと誰かが笑んだのを合図に全員のスイッチが遊びモードに切り替わる。海での任務はどうやら延長戦に突入したらしかった。


「うおりゃー‼　秘技《ひぎ》っ、片手五本持ちぃ‼」

「まだまだ甘いねセト、そんなんじゃ僕のロケット花火両手持ちには敵《かな》わないよ」

「うぐ……ロケットはズルいっす……！」

「見ろ、セト、カノ、奥義《おうぎ》ナイアガラ持ちだ」

「ええええ何その持ち方キド気持ち悪ッ、ぎゃーこっち向けないで危ない‼」

「キドのそれどうなってるんすか⁉　俺にも教えてくださいっす！」


あいつらは馬鹿か。

浜辺で花火両手に大はしゃぎする幼馴染《おさななじみ》三人組を眺めながらオレは呆《あき》れから来る笑みを零す。花火の消費が異常に早いのはああいう遊び方をする奴がいるからだろうな。良い子は真似《まね》しちゃいけないやつだ。

普段なら馬鹿騒ぎするメンバーを止める側のキドまでもが率先してふざけているのだからどうしようもない。ストッパーなんていなかった。

手に持っていた花火の光が消え、オレは筋肉痛が確実な足で水の入ったバケツを目指す。明日の朝が恐ろしい。役目を終えた花火を水に浸し、さて次はどうしようかと腰を上げた。

モモはマリーと一緒に打ち上げ花火を準備しているし、ヒビヤとヒヨリは仲良さげに自分達の花火を眺めている。キド達はあんな様子だし、あそこに混ざる気にはなれない。

「シンタロー、一緒に線香花火やろう?」

グルリと周りを見回し、オレは自分を呼ぶ声がする方に足を向けた。

手に持った細く頼りない花火を一つオレに手渡しながらアヤノが微笑む。見れば先輩二人は既《すで》に一本ずつ消費した後だった。あんまり大きくならなかったねと残念そうに笑う遥先輩に、貴音があんたは揺らしすぎなのよと毒づいている。懐かしい面子《めんつ》に自然と肩の力が抜けていった。


「少しだけな」

「やったぁ！　じゃあ勝負しようよ勝負っ、誰が一番長くつけていられるか！」

「おっ、アヤノちゃんいいこと言うねぇ」

「シンタローなんか緊張して手震えちゃうんじゃないの？」

「あんたよりはマシだと思うけどな閃光《せんこう》の舞姫《まいひめ》」

「んなっ……!?」


売り言葉に買い言葉を返せば途端にギャンギャン喚《わめ》きだす貴音。エネの頃からそうだったがこの人は本当に喧《やかま》しい。ここまでキャラが違うのに騒々しさは同じなのだから驚きだ。

風で火が消えてしまわないように四人で肩を寄せ合って蠟燭《ろうそく》に花火の先端を近付ける。なるべく全員同じタイミングで火がつくよう呼吸を合わせて線香花火を動かした。

「「「「せーのっ」」」」

声を揃え、点火。火がついた後は自分の一番やり易《やす》い位置に線香花火を持ち直して耐久レースの始まり。集中して自分の花火の先端を見つめる姿はさぞかし滑稽《こっけい》だっただろう。

先がぶれないよう極力先端に近い方を持ちながら熱の塊《かたまり》がパチパチと火花を散らし出すのを眺める。静かな海岸に聞こえるのは仲間達の賑《にぎ》やかな声と波の音だけ。穏《おだ》やかで幸せな、かけがえのない時間。

「……あ」

ポトリと火の玉が砂の上に落ちる。

まるで寿命を終えたかのように物言わなくなった手持ちの花火に空虚感《くうきょかん》を覚えた。

ふと顔を上げれば徐々《じょじょ》に勢いを増す線香花火の明かりに照らされる三人の顔が見える。一度は失ってしまった存在。もうこんな日々が戻ってくることなんてないと諦《あきら》めていたのに。


「こんなふうに皆で花火が出来る日が来るなんて、思いもしなかったよ」


囁くような声音《こわね》で零したのは遥先輩だった。それはこの場にいる全員が思っていたことで、予想もしていなかった未来の話でもある。いつかできたらいいねという夢物語は半分以上諦めていた希望論でしかなかった。それがまさかこんな形で実現することになるなんて。

淡い火の光に浮かび上がる貴音の穏やかな表情には、電子の存在だった頃の面影《おもかげ》が僅《わず》かに残っていた。

「そうねー。それに海なんて来たの何年ぶりかしら。今でも信じられないわよ」

一時期は画面の外に出ることも出来なかった体が、今じゃはしゃいで遊べるぐらいになったのだからと。

磯《いそ》の香りをはらんだ潮風が花火の火を悪戯《いたずら》に揺らす。風にそよいだ黒髪を細い指先で耳に掛けながらアヤノはそっと口を開いた。

「私達が今こうしていられるのもあの時シンタローが迎えに来てくれたからだよね。私、本当に嬉《うれ》しかったんだ。かっこよかったよ？　正義のヒーローみたいでさ」

あの日を境にヒーローを引退した少女の首元に赤いマフラーはない。時期外れな防寒具を見ることがないのは少し寂しいような気もするが、それ以上に嬉しさが勝《まさ》った。ヒーローという重すぎる肩書きに彼女が苦しめられることはもうないだろう。

「ヒーローなんて柄じゃないって何度も言っててんだろ……」

「そうよ。こいつなんかその辺にいるモブで十分」

　憎まれ口を叩く貴音の線香花火の火の玉が風に吹かれて砂上に落下した。ざまあみろと笑って砂の上に座り込む。暗い海面に月の光が反射し、水平線まで続く黄色い道が浮かび上がっていた。煌《きら》めく星の輝きも相まって何とも幻想的な光景である。

「もう駄目だなぁ二人とも。ゲームは上手でも線香花火は下手なんだね」

「うっさいっすよ遥先輩」

「そもそも線香花火に上手いも下手もないわよ」

「ふふ、じゃあ後は私と遥先輩の勝負ですね。負けませんよー」

　丸々と大きくなった火の玉は二人の花火の先で煌々《こうこう》と光を放っている。コツがあるのか、それともただ単に運が良いだけなのか。やたら長続きする線香花火は唐突な終わりを迎えた。

　突如《とつじょ》頭上に上がった閃光に視線を奪われる。夜空に小さな花を咲かせたのはモモとマリーが苦戦していた打ち上げ花火だった。続けて上空に放たれる光の軌跡《きせき》は小規模ながらに人を魅了《みりよう》する。

「わー、綺麗《きれい》だね」
「ですね」
「……二人共、手元見てみなさいよ」
「「──あ」」

一瞬意識を奪われたせいで、ただでさえ不安定だった火の玉は呆気《あつけ》なく地に落ちてしまったらしい。同時に落ちたのか、そうでないのか。それすらも分からずじまいだったので結局勝負はうやむやになった。なんだかグダグダになってしまったがオレ達らしいので良しとしよう。

第二戦目だと意気込む先輩方を横目にオレはぼんやりと海を眺める。いつの間にか隣に座り込んでいたアヤノが、同じように海へと視線を向けながら手持ち無沙汰《ぶさた》に指先を弄《いじ》っていた。

「こうやってさ、子供達だけで電車に乗って海で遊ぶのって、何だか不思議な感じじゃない？　特別な時間って気がするんだ」

特別な時間、分からなくもない。子供の頃は夜間に外出することなんて中々許されなかったから。友人の家に泊まりに行った時などと似たような感覚。

ひっそりと胸にあるのは僅かな寂寥感《せきりょうかん》。楽しい時間がずっと続けばいいのにと思う気持ち。

吹き抜けた風は涼やかな冷気を含んでいて夏の終わりを感じさせた。

「……もう子供じゃいられねぇよ」

「うん、そうだね」

もう夏は廻《めぐ》らない。時間は過ぎるし取り戻せない。当たり前のことが当たり前に戻った今、繰り返した夏を懐かしく思うのは前に進んだ証拠だろうか。

やがて別々の道を歩む時が来るだろう。それぞれが前を見据《みす》え、先へと一歩を踏み出すその時が。

「また、こうやって遊べたらいいね」

柔らかくはにかむ少女にオレはそっと目を伏せる。鼓膜《こまく》を揺らす波の音は時の流れを曖昧《あいまい》にさせた。

「そうだな。また、どこかで」

いつか、こんな風に集まって、馬鹿みたいに騒いで盛り上がれる日がくればいい。そうやって少しずつ年を重ねて、あの頃はこんなことがあったななんて笑い話にするのだ。

まだ夜は明けない。時が許すその時までは子供達の秘密の時間を堪能《たんのう》していよう。手の中にある灯《とも》らない線香花火が仄《ほの》かに熱を帯びた気がした。

STORY.02

同級生と閉じ込められた

本文イラスト／花咲まにお

こーた

高校生になって数週間しかたっていない、まだ春の匂《にお》いが残る季節にその事件は起こった。

どうしてこうなったと聞かれれば、そんなの答えられないぐらいオレは動揺《どうよう》していた。窓から見える景色は薄暗くなっており、もう少ししたら真っ暗になってしまうだろう。ちなみに言うと、電気が壊れているらしくスイッチをさっきから何度も押しているが一向《いっこう》につく気配《けはい》がない。


……なんで、こうなった。


オレは頭を抱えた。ああ、こんなふうに頭を抱えるなんて自分でも珍《めずら》しいななんて思ってしまうのだが、それぐらい〝今の状況〟は異質なのだ。

だが大丈夫だ解決策はある。そう心の中で呟《つぶや》きながら携帯を扱っている赤いマフラーの彼女をチラリと見た。

「あの、シンタロー……」

「おう、連絡つきそうか？」

「えーとね……その」

何故《なぜ》、彼女は目を逸《そ》らしているのか。嫌な予感がしてジトーっとした目で彼女のコトを見つめる。そして一言、彼女は言ったんだ。

「携帯、充電し忘れちゃってて……電池切れっちゃった」

真っ暗な画面の携帯をこちらに向けながら、アヤノはぎこちない笑顔を見せる。

そしてここで唯一《ゆいいつ》残されていた希望が音を立てて砕《くだ》け散ったのだった。

……さて、いったい何があったんだと聞かれれば、少し心を落ち着かせた今なら答えられるかもしれない。

簡単に言えば、オレの隣にいる同級生の楯山《たてやま》アヤノと、とある一室に閉じ込められたのだ。二人きりで現在進行形で閉じ込められているのだ。

少し遡《さかのぼ》ること本日、放課後のこと。

授業で使った教材を、ある場所に運ばなければいけないとアヤノは席を立った。どうやらこの学校の教師でもあるアヤノの父親の仕事なのだそうだが、最近どうも忙しそうで、何か手伝えないかと聞いたところ運ぶよう頼まれたらしい。だから、今日は一緒に帰れない先に帰っててほしい、とアヤノは言った。

オレは早く帰りたかったのだが、たまにはこいつに付き合ってやろうかななんて思いアヤノについて行ったのだ。決して一緒に帰りたかったわけではない。

そして閉じ込められた。どういうことだ。

「アヤノ、携帯の充電切れたって……連絡はつかなかったのか？」

「お父さん電話かけてもつながらなくてメール送ってみたんだけど、送った直後に電源が落ちちゃって、ちゃんと送れたかどうか……」

「そっか……」

狭い室内。アヤノと二人きり。誰かに助けを求めようとしたところで運の悪いことにオレは今日、携帯を家に忘れていた。アヤノは携帯を持っていたので誰かに連絡がつかないかと試したが、さっき彼女の口から出た通り、充電が切れてしまったらしい。


「教材も、私が頼まれたのにシンタローに運んでもらっちゃったし……」

「それはまぁ、気分だ気分」

「ふふ、シンタローは優しいね」

「……別に、優しいとかじゃねぇよ」

オレがそう言うと、アヤノはゆっくりと顔をうつむかせた。そしてオレの様子を伺《うかが》いながら「シンタロー……怒ってる、よね」とポツリと声を漏《も》らす。

「ん？　悪気《わるぎ》があってこんな状況になったんじゃないんだし、オレがお前を怒る理由がないだろ」

「うう、シンタローやっぱり優しいよおぉ」

「いやだから別に優しいとかじゃ……って、何でそんな泣きそうになってんだよ！」

「私のせいで……うぅ、お父さんからちゃんと扉について注意うけてたのにっ」

ここ『第二理科準備室』はどうやら扉のたてつけが悪く、一度閉めてしまったら中からじゃ開かなくなってしまうことが多いらしい。アヤノはそのコトをオレに伝えるのを忘れ、知らなかったオレは扉を閉めてしまったのだ。

今度ちゃんと修理することが決まっているらしいが……もっと早く修理しとけよ。

「どうすることもできないんだ。じっとしとこう、な？」

「……うん」

ほこりが多い床にそのまま座るわけにもいかず、近くにあった段ボールのほこりを窓を開けて軽くはらい、それを床に敷いてアヤノと並んで座った。お互いの肩がぶつかる距離だ。……なんというか近い。

「えへへ、でも一緒に閉じ込められたのがシンタローで良かった！」

「……あっそ」

素《そ》っ気《け》なくオレは返事をする。

この時オレも、一緒に閉じ込められたのがアヤノで良かった……なんて思ってしまったことは恥ずかしいので絶対に言わないことにする。

そして気づけば、助けなんてこないまま窓の外は真っ暗になっているではないか。どうにかして脱出できないかと試行錯誤《しこうさくご》しているうちに結構《けっこう》な時間がたってしまったようだ。

「だ、だいぶ暗くなったな」

「うーん、やっぱりお父さんにメール送られてないのかな……迎えに来てくれるといいんだけど」

「ここ、ちょっと暗すぎないか」

「電気つかないし仕方ないよ。ついたら誰かここに人がいるって、遠くからでも気づいてもらえるかもしれないのにね」

「あのな、アヤノっ」

「ここらへん人通り少ないし、さっき大声あげてみたけどやっぱりダメだったし……」

「アヤノ、暗いの怖かったら言えよ？」

「ん？　別に怖くはないよ」

「そんな強がるなって！　ほら、なにか明るい楽しい話でもしよう！　な！」

「……シンタロー、もしかして」

「怖いの？」という言葉とともにアヤノの視線を感じた。ビクッとオレの肩が跳《は》ねる。

「ここ、怖くなんてねぇよ！　オレはお前の方が怖いんじゃないかと気を使ってだな」

「じゃあ、この薄暗い雰囲気を利用してホラーなお話でもしようよ！」

「はあっ⁉」

思わずアヤノの方を向くと、至近距離《しきんきょり》にアヤノの顔があった。ニコォと不敵《ふてき》な笑顔を浮かべオレをじっと見つめている。
ホ、ホラー⁉　怖い話⁉
「じゃあいくよ。ある夜に――……」

「うわあああああああ⁉」

アヤノが話し始めた途端《とたん》に声をあげ耳を塞《ふさ》いだオレ。この状況でホラーとかマジで勘弁《かんべん》してくれ‼

「べべべ、別に怖いわけじゃないんだからな、か、勘違《かんちが》いするなよ⁉」

「あれ⁉　シンタロー！　窓の外に人影が！」

「ぎゃあああああああ⁉」

「え、ちょっとシンタロー⁉」


なんというか、この時のオレはパニックをおこしていたんだと思う。いや、思うじゃなくておこしていた。大パニックだ。


「冗談《じょうだん》だよシンタロー！　落ち着いて！」

「窓⁉　どこ⁉　人影どこ⁉」

「だから冗談だってば！　うわわ！」


驚きと恐怖のあまりアヤノの背中に隠れた。女子の背中に隠れる男子なんて、妹が見たら「お兄ちゃん情けない」と言われること間違いないだろうが、今のオレはそれどころじゃない察してくれ。

「シンタロー！　人影なんてなかったって！　冗談なの冗談！」

「じ、冗談……？」

「そう冗談！　だから落ち着いて！　シンタローをからかった私が悪かったから！」

冗談と分かりやっとオレの気持ちが落ち着いてくる。

なんだ、ただの冗談かよ……！

「あ、あはは、冗談とかそんなの最初から分かってたし別に驚いたりしてないし怖くなんてないし……」

「じゃあ何で私の背中に隠れてるのかな？」

「そ、それは……いやそれよりも、変な冗談はもう言うなよ⁉」

アヤノの背中から離れたオレに「はいはい」とアヤノは返事をしながらオレの方

を見る。そして一言。

「シンタロー、後ろ……！」

「うわあああああああああ⁉」

なに⁉　後ろなにかいるのか⁉

「なーんて、冗談……なんだけど……シンタローおもしろ、すぎて……ぷふっ！」

笑いを堪《こら》えているのか、お腹を抱えながら肩を震わせている。だが、最後には堪えきれず笑いを吹き出した。

「お、お前、変な冗談は言うなって言っただろ⁉　あと笑うな！」

「ごめんって！　もう笑わないから！　……ふ、ふはっ」

「笑ってるじゃねぇか‼」

こっちは冗談抜きで怖いのだ。笑い事じゃない。

「あー、笑った。……で、何でまだシンタローは私の後ろに隠れてるの？」

「え⁉　いや、こ、これはなんと言うか弾みでだな！　別にすぐ離れてやってもいいんだぞ⁉　離れてやってもいいけど、その……本当にオレの後ろには何もなかったんだよな？」

「本当に何もなかったって！」

「本当だな？　本当に冗談なんだな⁉」

「大丈夫だって！　本当に冗談だから！」

「……わかった」

そろりそろりと、アヤノから体を離す。よし、本当にただの冗談みたいだな。

――バササッ！

「ひぃい⁉　アヤノ！　アヤノ！　何か外にいた！　何か外にいたあああ‼」

音を立て、何か大きな物体が窓を横切ったのだ。オレはアヤノの背中に思い切り、今度は隠れるどころか抱きついてしまったわけだが、オレはそれどころじゃないのだまた察してくれ。

「……今のは絶対にただの鳥だと思うんだけど……シンタロー？　大丈夫？」

「大丈夫なわけあるか！　もうダメ！　怖い！　無理‼」

「まさかシンタローがここまで怖がりだったとは……」

アヤノは抱きついているオレの手を取り「大丈夫？」と言って優しくその手を撫《な》でた。でもオレはその手をすぐに振り払いアヤノから体を離す。いつも通り振り払ってしまった。

ああ、きっとオレは今もの凄《すご》く情《なさ》けない表情をしていることだろう。アヤノにだけはこんな姿を見せたくなかったのに……。

「大丈夫だよ。私はシンタローのそばにいるから、ずっと。」

「だから安心して、怖くないよ」なんて彼女は笑顔で言った。

「……アヤノ……お前は怖くないのかよっ」

「ん？　どっちかと言えば怖いけど、シンタローと一緒だと何故か平気なんだぁ。あ、怖がりなシンタローのこと守りたいって思っちゃう気持ちの方が今は大きいのかな？」

なんて言う彼女に、先ほどまでの恐怖心が和《やわ》らいでいく。

「ちょっと待て、だいたいお前が変なこと言うから余計《よけい》に怖く……いや、怖がってないオレは怖がってなんて断じてない」

「そのことはごめん、怖がってるシンタロー可愛《かわい》くって」

「だから怖がってないし男に可愛いとか言うな！」

「さっき、もうダメ！　怖い！　って言ってたじゃない」

「あ、それは……気のせいだ、気のせい！　ま、まあ仕方ないから今日だけは守られてやってもいいけどな！　別に怖くはないがな！」

「まったく、シンタローは素直じゃないなぁ」

なんて言いながら、オレの顔を下から覗《のぞ》いてくる。

「う、うるさい！　今日だけだ、今日だけお前に守られてやるからっ、その、アヤノ」

「ん？　なにシンタロー？」

「ア、アヤノも辛《つら》いこととかあったら言えよ？　オレにできることなら……力貸すから」

何でこんなことを言ったのか。

アヤノがオレを守ってくれると聞いて、どうしてかオレもアヤノのために何かできないかと思ったのだ。オレの言葉はとても小さかったがアヤノにはどうやら聞こえたみたいで、とても嬉《うれ》しそうにハニカミながら「シンタローがデレるなんて珍しいなぁ」なんて……オレは別にデレたわけじゃない。

「そうだなぁ」

少し考え込んだ後、「もし危険なことなら大切な人は巻き込みたくないいな」と彼女は真剣な顔で小さく呟《つぶや》いた。

ああ、こいつはこういうヤツなんだ。自分のことより他人の心配ばかりする。

〝それが私の幸せだから〟なんて笑って言っていた記憶があるが、それでお前は本当に……

「でもありがとねシンタロー、その言葉だけでも嬉しいよ」

「そ、そうかよ」

「じゃあシンタローの許可も出たし、今日だけはシンタローだけのヒーローになるね！」

「勝手にしろ」

「ねぇ、シンタロー」

「なんだよ」

「怖い時や心細い時は、私の手を握《にぎ》っていいからね」

「は？　何でそんなこと——……」

オレの言葉を遮《さえぎ》るように、ガタタッと大きく窓が揺《ゆ》れる。どうやら風が強くなってきたようだ。もちろん、そんな音にもオレの体は反応するわけで。

「う……っ、アヤノっ」

今、悲鳴をあげなかったオレを誰か褒《ほ》めてくれ。

「シンタロー、はい手」

「…………」

「シンタロー、手」

「…………」

「シンタロー、お手！」

「お手ってなんだよ！　ったく握ればいいんだろ⁉」

ギュッとアヤノの手を握った。温かい。

「独《ひと》りで寂《さび》しい時は、いつでも私の手を握ってね」

その言葉には、どんな意味が含《ふく》まれているのだろうか。

少し考え、オレは首を横に振った。アヤノの言葉を否定するように首を横に振ったのだ。そんなオレを見てアヤノは寂しそうな表情をした。

「私じゃ……頼りないかな?」
「そういうわけじゃない。……ただ」
「ただ?」

アヤノはコテッと首を傾ける。そんな彼女からオレは顔を背《そむ》けた。

「……オレは、臆病者《おくびょうもの》だから」

ポツリと、その呟きはとても小さな声だった……。

——……閉じ込められて、かなり時間がたってしまったはずだ。

それでも一向に助けが来る気配がない。どうしたものか。風呂にも入りたいしお腹もすいた。

「くしゅっ」

そんな小さなくしゃみをしたのはオレだった。窓がガタガタと揺れているあたり、外は風が強いようだ。肌寒くて自分の体を自分で抱きかかえると、ふわりとオレの首にマフラーが巻かれた。

「アヤノ？」

「ふふ、これで寒くないでしょ？」

確かに寒くないむしろ温かい。でも、これじゃぁ……

「お前が寒いだろ、返すって」

「ダメだよ、シンタロー風邪《かぜ》ひいちゃう」

「それを言うなら、お前だって風邪ひいたらどうする！」

「ふふ、心配してくれてありがとう」

「べ、別に……と、とにかく返す！」

赤いマフラーをアヤノに突き返すが、アヤノは一向に受け取ろうとしない。そして突然、アヤノは「あ、そうだ二人で巻こう！」と言ってオレに体をピタッと寄せたのだ。

一緒に……巻く？

「は？　お前、何……っ⁉」

ぐるりと、またオレの首にマフラーが巻かれたと思ったら、そのマフラーはアヤノの首にも巻かれた。

ちょ、ちょっと待てまさかとは思ったが二人で巻くってそういうことか⁉

一つのマフラーを二人で巻く。ぴったりとくっついているアヤノの体と顔。確かにさっきよりは明らかに暖かいがこれは……！

「離れろよお前！」

「何で？　暖かくない？」

「そういう、問題じゃない！」

「どういう問題なの？」

「じ、自分で考えろ！」

「んー？　シンタローなんか様子が変だよ？」

「うう、う、うるさいっ」

マフラーをほどこうと腕を動かすが、動かすとアヤノの服とオレの服の擦《こす》れる音がした。アヤノとほとんど密着《みっちゃく》しているせいで体をうまく動かせない。

「シンタロー」

「何だよ？」

「私が寒いから巻いててほしいって言ったら、ダメかな？」

オレだって寒いのだ、どっちかといえばこのままマフラーを巻いていたい。

「……し、仕方ねぇな。お前がそこまで言うなら」

「ふふ、ありがと」

こうして二人で一つのマフラーを共有することになったのだ。が、寒さはないものの閉じ込められている現状は変わらないわけで……

「アヤノ大丈夫か？　眠かったら寝ていいからな？」

「うん、少し眠いかも……あ、シンタローの肩を借りようかな」

「お、おう。分かった」

「えへへー」

こてっと、アヤノの頭がオレの肩に乗る。

「……ねぇ、シンタロー」

顔をうつむかせ目を閉じていたアヤノが、ポツリと小さくオレの名前を呼んだ。小さい声だったが、なにせ距離が距離なのではっきりとオレの名前を呼ばれたことが分かる。

「どした？」

「……臆病者って、どういうことなのかなって」

驚いた。〝臆病者だから〟と言ったあの後、アヤノは黙り込んでしまった。小さな声で呟いたものだからきっと聞こえなかったんだと思っていたが、彼女の耳にはちゃんと届いていたらしい。

言うんじゃなかったと後悔《こうかい》してももう遅い。彼女はもう聞いてしまった。

「あれは……その、何でもないから忘れてくれ。少し気が動転してて」

「忘れないよ。絶対に忘れない」


泣きだしそうな声が彼女の口から零《こぼ》れた。何でそんな声を出すんだ。

そして今度はアヤノから……と言ってもほとんどいつもアヤノからだが、オレの手をギュッと握りしめたのだ。


「アヤノ、手……」

「嫌だ、離したくない」

「アヤノ？」

「シンタローの本当の気持ち、もっと言ってほしい」

「……嫌だって言ったら？」


彼女は顔をあげた。今にも泣きだしそうな顔だった。

ああ、この顔は忘れられそうにもないな……なんて思ってしまう。

「それは、凄《すご》く悲しいな」

それでも言えないし言ってはいけない。本当の気持ちを言うなんて臆病者のオレができるわけない。

でも本当は、アヤノに全部言ってしまいたいと思ってる自分もいる。独《ひと》りになるのが嫌だと、また昔みたいに独りになるのが寂しいと、そう言ったオレをアヤノは笑顔で受け入れるだろう。でもそうなったらオレはアヤノに依存《いぞん》してしまうだろうし、依存したらした分だけ、いつか別れの時が来るんじゃないかと怖すぎてたまらないから。

ああもう本当にオレは、酷《ひど》く臆病者だ。

「頼むから、オレには構わないでくれ」

これ以上、優しい言葉をかけないでくれ。

一度依存してしまったら、君がいなきゃ生きていけなくなるから。

「シンタロー、今から言うことを覚えててほしい」

「聞きたくない」

駄々をこねる子供のように、首を左右に振る。

「シンタロー、聞いて？」

アヤノは少しだけ体を離し、オレの顔を下から覗き込む。

「嫌だ」

マフラーに顔をうずめる。アヤノの匂《にお》いがした。

「もしこの手をシンタローが離しても」

「聞きたくない！」

「私は何度でもシンタローの手を摑《つか》みに行くから！」

「私、こう見えてもしぶといんだよ」なんて、そんな温かい言葉を笑顔でアヤノが言うものだから。


「アヤ、ノ……っ」


アヤノのその言葉だけで気持ちが溢《あふ》れそうな感覚になった。体全体が熱くなる。目が熱くなる。

ほら、やっぱり聞いてはいけなかった。きっと彼女はオレにとって嬉しい言葉をかけてくれるだろうと思ったから聞きたくなかったのに、思った通りだ。何でオレにそんな言葉をかけるんだ。その優しさに、甘えてしまうだろう。

「そういうことを、簡単に言うな」

みんな結局はオレから離れていく。どんな物事もすぐに答えを導《みちび》き出してしまうオレを見て、解ってしまうオレを見て、優しかった人も離れていってしまう。そしてみんな変な目でオレを見るんだ。

アヤノだって、きっとみんなのように……

「簡単じゃないよ！　シンタローだからずっと一緒にいたいと思ってるんだよ！」

「だ、だからそういうことを……！」

「シンタローだから、だよ」

そこで気づく。アヤノの雰囲気が、いつもとは違うことに。

「アヤノ、何を言って……」

「シンタロー、何でも解るなんて言っておきながら人の気持ちには鈍感《どんかん》なんだもんなぁ。参《まい》っちゃうよ本当に」

頭を抱えながら、ブツブツと独《ひと》り言《ごと》のように何か言っている。

鈍感？　オレが？

「なんというか、ずっと一緒にいたいっていうのはね」

もごもごと、アヤノが少し恥ずかしそうに口ごもった。

『シンタローだからずっと一緒にいたい』

アヤノは先ほどからその言葉の意味について何かを言おうとしているようだ。きっとアヤノのことだ、友人としてオレにかけた言葉だろうが……

「あのねシンタロー」

「なんだよ？」

「えーと……さっき言った言葉はね、友達とか友情的な意味で言ったんじゃないの」

友人としての言葉だろうというオレの考えは、本人によって否定されてしまった。

「シンタロー、私にとってシンタローはね、友達以上の存在なんだよ」

彼女はオレと見つめ合う。アヤノの顔が近い。自分の心臓がバクバクと大きな音を立てているのが分かる。近い距離に気を取られ、上手くアヤノの言葉が耳に入ってこない。

「私は、シンタローのこと――……！」

その時だった。

タッタッタッタッと、誰かが走ってくる音が校内に響き渡る。

ハッキリと聞こえてきたその音に、アヤノの言葉は途中で止まってしまった。

「……シンタロー、誰か走ってくる音がしない？」

「きき、き、気のしぇいだろ」

得体《えたい》のしれない誰かが走ってくる。そんな恐怖のあまり思い切りかんでしまった。

恥ずかしい今すぐ忘れてくれ。

「気のせいじゃないと思うんだけど」

「気のせいじゃなかったら何なんだよ⁉　こんな時間に誰が走ってんだよ⁉　っつーかこっち来てないか来てるよな⁉　うわあああああああ！」

「シンタロー⁉　ちょっと落ち着いてシンタロー！　あわわわ！」

こんな時間に誰が校内を走っているのか。何で走る必要があるのか。

まさか、まさかこれは霊的《れいてき》な何か……⁉

「アヤノ怖い助けてダメまじ無理なんだって！　おい何でお前はそんな平然《へいぜん》としてるんだよ！」

「いや、自分より怖がってる人がいると冷静になるというか……」

「足音が近づいてる確実にこっち来てるってアヤノ！」

ピタリ、と足音がオレ達が閉じ込められている扉の前で止まった。

もう終わりだ。オレ達をあの世から迎えに来たんだ！

「アヤノぉっ！」

この時のオレは「誰かが助けに来てくれたのかもしれないよ？」なんてアヤノの声は聞こえなかったし、そんな考えは少しも思い浮かばなかったしで冷静さを失い、あまりの恐怖に先ほどから繋がれたままだったアヤノの手を強く握り返していた。
そして、その扉は開かれたのだった。

「おい大丈夫かアヤノ⁉　メール気づかなくてすまん！　電源を朝から切ったままだったみたいでさっき気づいて……」

聞いたことのある、男性の声だった。

「あ、お父さん」

そんなアヤノの言葉が聞こえた途端《とたん》、場が凍《こお》りついた気がした。
考えてもみろ。ここは先ほどまで密室であり二人きりであり、今オレはアヤノと一緒にマフラー（二人で一つのマフラーを共有）をして手を握りしめあっている……うん、変な誤解《ごかい》が生まれても不思議じゃない。

「アヤノと何をしている、如月《きさらぎ》シンタロー？」

その言葉は教師として聞いているのか、はたまたアヤノの父親として聞いているのか。アヤノからはすぐに体を離そうとしたがマフラーをしているので体が離れられないことに気づく。

マフラーをほどこうと、オレは腕を少し動かす。

「俺の許可なく勝手に動くな如月シンタロー」

はい分かりました動きません動かないからそんな恐い顔しないで下さいお父さん。

「お父さん遅いよー！　よかったねシンタロー、これでうちに帰れるよ！」

ホッとしたような、そんなアヤノの安心した声。

アヤノ、お前の父親の顔を見てみろ全然まったく大丈夫じゃないから。オレやっぱりあの世に連れて行かれるんじゃないかな。「アヤノと密室空間で何をしていた？　さっさと答えろ如月シンタロー」なんて言いながら凄い睨《にら》みつけてくるんだけど。て言うか何でさっきからいちいちフルネームで呼んでくるんだよ！

「あ、ちょっと寒かったから二人で温めあってただけだよ！　勘違いしないでお父さん！」

『二人で温めあってた』という単語に自分の顔が途端に熱くなるのを感じる。

確かに間違ってはない、間違ってはないが……！

「アヤノ、お前なに言って……っ！　頼むからちょっと黙ってろ！　変なこと言うな!!」

なんてオレが言っても、アヤノはピンときてない様子で「私、変なことなんて言ってないよ？」なんて頭上にハテナマークを浮かべている始末《しまつ》だ。

…………そんで、何で満面の笑顔なんですかお父さん？

「俺の前で娘を許可なく呼び捨てにするなんていい度胸《どきょう》だ如月シンタロー。今すぐマフラーをほどき両手を挙げてその場に立て如月シンタロー」

その言葉は、聞いたこともないとてつもなくドス黒い声だったとだけ言っておくことにする。

結局、この状況の誤解をとくのにそれから一週間かかることになるなんて、この時のオレは知るよしもなかった。

そして無事に（……本当にあの父親から無事に生還《せいかん》できたことが奇跡《きせき》だ）密室《みっしつ》空間から脱出できたオレは、帰りがあまりにも遅いと心配していた母にとても怒られ、同じく心配していた妹に、

「お兄ちゃんのバカー！　携帯に何度も電話したんだよー！」

なんて泣きつかれてしまった。すまん妹よ携帯はお兄ちゃんの部屋にあるんだ。

こうしてオレとアヤノの一日はやっと終わりを迎えたのだった……。


さて、物覚《ものおぼ》えのいいオレはアヤノが言おうとした言葉がひっかかっている。

『私は、シンタローのこと——……』

あの時の言葉の続きをオレは解らないでいる。オレとアヤノの間ではあの言葉はうやむやになっており、アヤノも閉じ込められた時の話は「怖がるシンタローの写真とっておきたかったな」なんて言うぐらいで……

「何でいつも一緒にオレと帰るんだよ」

いつも通り、アヤノはオレと一緒に帰っている。というかオレに引っ付くようにして一緒に帰る。

「一緒に帰りたいからだけど……ダメ？」

「別に、ダメとか言ってないだろ」

「ふふ、そっかダメじゃないんだね」

アヤノがオレの手を掴む。夕日に照らされて、坂道にオレ達の影が浮かび上がった。

「この手を離さないよ、シンタローが怖がらない様に」

「……あっそ、勝手にすれば」

いつもは振り払うその手を、何故かそれができなかった。

この前なにを言おうとしたかは、また今度聞けばいいか……なんてこの時のオレは思っていたわけで。

「あ、お父さん」

そんな言葉にオレは「え」と声をもらし前を向く。アヤノと手を繋《つな》いでいることを思い出してオレはだらりと嫌な汗をかいた。

……あれ、なんだろうこの感じ前にもあったぞ。

「コンバンワ、イマ、オカエリデスカ？」だなんてオレから零れた言葉はまあなんとギコチナイ。

「よお、アヤノとアヤノに手を出そうとしている……じゃなかった手を繋いでいる如月シンタローくんじゃないか。そうなんだよ俺も今帰りなんだいや偶然《ぐうぜん》だなぁ。…………よかったら三人で一緒に帰ろうや」

そう言った過保護《かほご》な父親の誤解をとくのにまたかなりの時間がかかるのだが……。

それはまた、別のお話。

×××

『私は、シンタローのこと——……』

あの時、私は今なら自分の気持ちを打ち明けられると思った。そしたらふいに、誰かがこちらにかけてくる足音が聞こえたのだ。

それを気にせずに言葉の続きを言うこともできただろう。

だけどその足音が聞こえた時、少しの沈黙が私と彼との間に流れたのだ。ほんの少しだ。一瞬と言ってもいいかもしれない。その一瞬で私は考えてしまった。

〝もし拒絶《きょぜつ》されたらどうしよう〟

「はぁ、正義のヒーローだなんて言いながら自分が情けない」

私は自分のベッドに仰向《あおむ》けで寝転《ねころ》がり、私にとっては特別な存在である同級生のことを考えていた。

その同級生の彼は、きっと私を友人としか思っていないと思う。

「……友人とすら思ってくれてない可能性もあるんだけどね」

自分で呟いた言葉に酷く悲しくなってしまった。

でも、最近では隣にいることを許可してくれている。一緒に帰ったりお弁当を食べたり、机をくっつけて勉強を教えてもらったり。そしてその関係を、私は壊《こわ》したくないのだ。

もし自分の気持ちを言ったら、この関係が壊れるかもしれない。壊れるぐらいなら言わない方がいいいんじゃないか？　そんな考えが頭によぎったあの時、私は言いかけたその気持ちを飲み込み、誰かが走ってくる足音の方に言葉を向けたのだ。

彼は自分を臆病者だと言うが、臆病者はこの私だ。

彼に本当の気持ちを言ってほしいと言いながら、本当の気持ちを言えずにいるのはこの私だ。

彼と離れ離れになるのが怖くて、この関係が壊れるのが怖くて、情けない臆病者はこの私だ。


「……寝よう」


考えても考えても、自分が情けない臆病者だという以外の答えが出てこない。勉学の方ではなかなか答えが出ないのに、こういう時だけすぐに答えが解ってしまうのだからたちが悪い。

大丈夫。私と彼は、今すぐに離れ離れになるわけでもないのだから。

まだ時間はあるのだから。

だから大丈夫。少しずつ気持ちを伝えていこう。

まだ時間はあるのだから。

まだ時間は、たくさんあるのだから。

さあ、明日も彼とお話をしよう。たくさん、思い出を作ろう。

明日も彼と――……

STORY.03
Goodbye dreamforest
本文イラスト／シチ
風街ちとせ
KAGEROU
DAZE

心地よい風が頬《ほお》を掠《かす》め、少年は目を覚ます。ぼうっと見上げた柔《やわ》らかい水色の空に、綿菓子《わたがし》の雲が泳ぐ。土を覆《おお》うように生える秋桜《コスモス》が、頬をくすぐる。背中を預《あず》けている木製の何かは、少し変な感覚だったがあまり気にはならなかった。

それらに包み込まれてもう一度瞼《まぶた》を閉じようとした時、ふと違和感に気づく。何時《いつ》もより、綿菓子の雲が遠い。それだけじゃない、自分を包み込む秋桜の背丈が、普段よりぐっと高い気がした。

違和感が、花びらを広げようとする秋桜のように膨《ふく》らむ。

少年は立ち上がろうとして、自分の足が、何時もより小さいことに気が付いた。偶然《ぐうぜん》目についた服は、昔着ていた藤色のポロシャツだった。まさかと思い、自分の手を伸ばす。思った通り、その手は本来の少年よりずっと小さい。

自分が幼い頃に戻っている。ちょうど、あの子に会った頃に。

少年は、慌《あわ》てることのない落ち着いた自分に、少し驚いていた。手を伸ばし、雲を掴《つか》むように上げる。ぼんやりと見上げた空に気を取られて、後ろに倒れそうになる自分に気づかなかった。

ゴツリ、鈍《にぶ》い音を立てて、後頭部が後ろの何かにぶつかる。突然の痛みに少年は頭を押さえ、ちらりと後ろを振り向き、そして目を見開いた。

十字架《じゆうじか》だった。夜色に染められたそれは、秋桜の冠《かんむり》を被《かぶ》せられ、ずらりと等間《とうかん》隔《かく》に並べられている。少年は十字架に向き直り、じっとそれを見つめた。赤、白、ピンクの秋桜に囲まれたこの場所に、それは不似合で、だけどこの秋桜達が、十字架のために咲いているとしか、少年には思えなかった。

ふと、十字架の中心に何かが刻まれていることに気づき、少年は目を凝《こ》らす。細く、浅く彫《ほ》られたそれを、少年はじっと見つめ、辛《かろ》うじて読み取ることのできたその名前に、目を疑《うたが》った。

「僕の、お墓……」

信じられないそれに、うっかり昔の口調に戻ってしまう。

そんなことを気にする余裕のない少年は、小鹿のような足取りで、ふらつきながら立ち上がる。よろめく様に、一歩、二歩と後ろに下がり、尻餅《しりもち》をついた。

その衝撃《しようげき》と痛みで、少年は自分が生きているのだと言い聞かせようとした。

「僕は生きている。生きている。ちゃんと痛いよ」

でも、何度言い聞かせたって、目の前の十字架に刻まれた文字は、変わらない。怖くて、哀《かな》しくて、さっきまで心地よかったはずの風が、とても冷たく感じられた。

生きてる、生きてる。まだ皆を、あの子を置いてはいけない。

少年の頬に、雫《しずく》が流れる。身体《からだ》だけでなく、心まで幼くなってしまったようだ。

必死で涙をぬぐう少年は、秋桜畑をかき分けて、こちらに歩み寄る存在に気づかなかった。

自分の上に影が落ちた時、少年はその存在に気づき、縋《すが》るような気持ちで顔を上げた。

「セト、久しぶり」

影を落としたそれに、少年は目を見開いた。

珊瑚色《さんごいろ》の瞳、綿菓子の雲みたいな、ふわふわした長い髪、無邪気《むじゃき》な笑顔。歳《とし》は、本来の少年より少し年上の少女が、こちらをのぞき込んでいた。

「マリー……？」

自分が知っているはずの知らない姿に、少年の涙は止まっていた。

それは珍《めずら》しく晴れた梅雨《つゆ》の夕方。

鳴り響くカイエンパンザマストに、駅前の公園で遊んでいた子供達は家に向かいはじめる。青年は腕を伸ばし、頭を覚醒《かくせい》させた。暗がりのなかで壁に耳を当て、周りに人がいないこと、ここが目的地であることを確認した。

青年は手探りで、自分を囲う箱達からなるべく丈夫なものを選び、ゆっくり除《の》けてそこから立ち上がり、再び元の位置に戻す。続いて扉を探り当て、少しだけ開けて監視カメラが無いことを確認。最後になるべく音を立てないように扉を開け、そこ、貨物列車を脱出。扉を閉めた後、片手で金網の塀《へい》を飛び越え、その場を離れる。夕闇《ゆうやみ》の中に青年の姿がひとつ、消えていった。

「脱出完了っす」

冗談《じょうだん》めかしてそんなことを言う青年、セトに、それが軽犯罪《けいはんざい》だという自覚は無い。

さんごって、どっちが本物？

きっかけは、何気《なにげ》ない少女の一言だった。入道雲の髪が、傾けられた少女の頭に合わせて揺れる。マリーが手にしているのは、雑誌の珊瑚礁《さんごしょう》特集と宝石店のチラシ。よく見れば、チラシの隅っこには珊瑚のペンダントが載《の》っている。

「どっちも本物っすよ。これをいじくったら、こっちのペンダントになるっす」

「このゴツゴツが、キラキラに……？」

まじまじとチラシと雑誌を見比べる少女を見つめながら、セトは微笑《ほほえ》む。石炭とダイヤモンドが同じもので出来ていると言われた時、自分も同じ顔をしていたのだろう。


そういえば、珊瑚礁のある海にはまだ、行ったことがないな。

ふと、少女から目を離し、天井《てんじょう》を見上げる。海なら何度かふらりと行ったことがある。だが、珊瑚礁のある海となると話は別だ。まず遠すぎる。自転車や歩きで行ける距離じゃない。でも、貨物列車を乗り継いで行けたら。案外行けないこともないんじゃないだろうか。もっとも、貨物列車なんて乗ったことは無いけど。まぁ、見たことはあるし。

「今度行ってみるっすかね」

思い立ったが吉日《きちじつ》。その日の夕方、セトは必要最低限の荷物と共に、人知れず放《ほう》浪《ろう》の旅に出た。

あれから何週間経《た》っただろうか。

携帯はとっくの昔に充電切れだ。出かけた時からあまり電池の残量は無かった気がしなくもないが。取り敢《あ》えず、キドからの大目玉は確定だろう。

昨日《きのう》の水たまりを避《よ》けながら歩き、アジトの扉を目の前にする。自分が最後にこの道を通った時は、若葉が芽吹きかけていた春の終わりだった気がする。今は一体、梅雨のどこの時期に当たるのか。

考えただけで、冬の雨を浴びたような感覚に襲《おそ》われる。心なしか、その扉を開けるのが躊躇《ためら》われた時、内側から鍵《かぎ》が開けられる。一気に血の気が引き、翡翠《ひすい》の少女の般若《はんにゃ》の如《ごと》き形相が目に浮かんだ。

「あ、セト！」

だが予想に反して、扉の向こうに居たのはにこやかな笑みを浮かべた、幼馴染《おさななじみ》である猫目の青年だった。だがその声から、いつもは窺《うかが》えない焦《あせ》りが聞こえる。

「やっと帰って来た！　ほら、早く入って！」
「え、ちょっとカノ、何があったんすか？」
「とにかく来て！　セトが居ないおかげで大変なことになってるんだから！」

ぐいぐい自分を引っ張っていく幼馴染に、セトは外と繋《つな》がる扉を閉める暇《ひま》もなく、ある部屋の前に連行される。部屋の前には、もう一人の幼馴染である翡翠色の髪を持つ少女。そこに恐れていた表情はなく、むしろこっちを見た瞬間、急《せ》かすような表情を浮かべた。

ああ、そういえば彼女の背後にある部屋は、

「カノ、お粥《かゆ》と熱冷ましシートと薬取ってこい！　セトは早くマリーの部屋に入れ！」

キドの叫びとほぼ同時に、カノがキッチンに駆け込む。何で二人が焦っているのかを理解したセトは、半分キドに押される形で、マリーの部屋に飛び込む。

夕日を浴びて部屋の壁を覆《おお》う本たちが、何時もより年季の入った空気を部屋中に纏《まと》わりつかせていた。

その部屋の中心に置かれたベッドの上、白いレースと刺繍《ししゅう》が施《ほどこ》された掛布団の上に散らばった、挿絵《さしえ》の沢山描《か》かれたどこかの国の本に囲まれて、白い髪の少女が上半身を起こして俯《うつむ》いていた。白い髪の隙間《すきま》から、ちらりと垣間見《かいまみ》えるその瞳は、夕日よりも赤い。

セトは、怖がらせないようにゆっくりと少女に近づく。かがんでふわふわした入道雲の髪に手を乗せた。

「ただいま、マリー」

場違いな明るい笑みを浮かべれば、マリーが少しだけ顔を上げる。その顔には笑みこそ無いが、何となく、纏う空気がさっきよりも柔らかくなった気がする。

「おかえりなさい」

入道雲を渡るような小さな声と共に、瞳が少しずつ、何時もの珊瑚色に戻っていく。それを確認したように、背後から安堵《あんど》の溜息《ためいき》が聞こえる。

「全く、この三日間大変だったんだぞ。看病はろくにできないわ、お前は帰って来ないわで」

「申し訳ないっす」

セトはマリーを横にしながら、すまなそうに返事をする。

体調を崩すと能力の制御《せいぎょ》ができなくなる。

それはマリーに限らず、自分やキドも同じだった。制御ができなくなるというより暴走に等しく、カノ達にはかなりの面倒をかけたものだ。それに比べれば、マリーの場合、セトの存在が止め金になっているだけまだいい。だが能力が能力だ。止め金の居ない三日間、どれだけ二人が苦労したことか。

「まあ、何分季節の変わり目だ、体調も崩しやすくなるだろう。お前もせめて梅雨が終わるまで、あまり海だの山だのに行くんじゃないぞ。またこんな事になったら面倒だからな」

「うっす」

「いや～、本当に大変だったんだからね」

あまり大変そうには聞こえない声と共に、カノが部屋に入って来る。その手には、お粥に蓮華《れんげ》、薬と水に熱冷ましシートが載ったお盆。お粥の器と水の入ったコップがプラスチック製なのは、マリーが落としても大丈夫なようにだろう。

カノはお盆をセトの隣に置いて、ベッドの脚に背中を預けて座る。

「何せ石にされちゃうからちゃんと看病出来ないでしょ？　だから熱も上がる一方だし、ごはんもちゃんと食べれないし」

「これからは季節の変わり目、なるべく遠くに行かないようにするっすかね」

熱冷ましシートをマリーの額に貼《は》りながら、セトが口を開く。マリーの額は、これから来るであろう季節よりも熱い。

自分が居ない間、悪化の一途《いっと》を辿《たど》ったことがよく分かる。

「そうして貰《もら》いたいね。あ、あと携帯もちゃんと充電してよ。あの中にはキドからの着信履歴が沢山入ってるから。何しろ医者にも行けないしごはんも看病も食べない出来ないでキド泣きそうだったんだから。あ～、昔を思い出すな～。私消えちゃう～って、懐《なつ》かしごめんなさいごめんなさいそんな事無かったです」

「問答無用」

余計なことまで口走ったカノの腕を摑《つか》み、キドがあらぬ方向にねじ伏せる。正直懐かしむところなど何処《どこ》にもない。悲しいぐらいに。

「マリー、お粥食べれるっすか？」

「うん、食べれる」

無表情でカノをねじ伏せるキドと、それでも笑顔を崩さないカノという異常な日常風景をそのままにして、マリーが上半身を起こすのを手伝う。

蓮華をぽちゃんとお粥に突っ込んで、たっぷり掬《すく》ったお粥をゆっくりと口に運ぶ。その危なっかしい手つきと、今にも閉じそうな瞳を見守りながら、セトはあることを思い出して、自分のバッグに手を突っ込む。

ああ、こんなにごちゃごちゃしたところじゃなくて、割れないように包装してもらって、小ポケットに。

あ、あった。

「マリー、これお土産《みやげ》っす」

マリーが食べ終わったのを見計らって、器と引き換えに小さな包みを渡す。首を傾《かし》げたマリーが、そっと包み紙を剝《は》がしていく。そこにあったのは、細長い、木でできた長方形の箱だった。おそるおそる、箱の蓋《ふた》を開ければ、そこには。

「さんご……？」

キラキラした瞳と不思議そうな声に、セトは頷《うなず》く。

箱に入っていたのは、ピンクの丸い、磨《みが》かれた珊瑚と真っ白な貝殻の手作り感が溢《あふ》れる、淡《あわ》い色どりのネックレスだった。

「これ、もらっていいの？」

「もちろんっすよ。仕事手伝ったら、地元のおばちゃんがくれたんす。これ、そのおばちゃんの手作りっすよ」

「ちょっとまて、珊瑚ってお前、一体何処まで行ってたんだ」

一旦手を止めて、キドが荒い声をこちらに向ける。もっとも、その両手はしっかりとカノを掴んでいたけど。

「あ、珊瑚っていってもここから一番近いとこっすよ。乗ったのも貨物列車だったし……」

「ここから珊瑚の生息しているとこに近いも遠いもあるか。それに何だ貨物列車って！　軽犯罪じゃないか！」

「あはは、まあいいじゃん。この組織自体既《すで》に軽犯罪みたいなもんだし。それにしても珊瑚のネックレスなんて、ちょうどいいもの選んできたね」

体勢に似合わない顔と声を向けたカノに、キドは不思議そうな顔を向け、セトは横になったマリーを寝かしつけながら、カノに問いかけた。

「なんすか、ちょうどいいって」

「珊瑚にはね、生命力をもたらす効果があるんだよ。ちょうど今にぴったりじゃん」

ぴたり。入道雲の髪を撫《な》でていた手が止まる。

そんなセトに気づかず、カノが口を開く。

「まあ、僕も欲しいけどね、生命力。この前こっそり冷蔵庫からシュークリーム取った時、もしばれてたらと思うと……あっ」

「ほう、やっぱりお前だったか」

キドの顔に、帰るまでセトが恐れていた般若の形相が浮かぶ。

「キ、キド。ほら、マリー寝付きかけてるし、静かにしなくちゃ」

「そうだな、じゃあ場所を変えるか」

「いやいやいや、そういう意味で言ったんじゃな痛い痛い痛い！」

カノがキドに引っ張られながら抵抗《ていこう》の声を上げる。声が小さいのは、マリーを気《き》遣《づか》ってのことだろう。もっとも、声が小さかろうが大きかろうが、キドは手加減無用だが。

去り際、扉に手をかけたとき、キドがこちらを振り向いた。

「そうだセト、お前の失踪《しっそう》と音信不通の罰《ばつ》、風呂掃除《そうじ》二週間な」

そう言い残して、こちらの返事も聞かずに扉を閉める。よく耳を澄ませればカノの悲鳴が聞こえるだろうが、止《や》めておく。

心の中でカノに手を合わせていた。

すう、すう。柔らかな寝息が聞こえてくる。

ふと目を向ければ、マリーがさっきよりもだいぶ穏やかな表情で眠りについていた。

その手には、さっきのネックレスが入った箱が、大事そうに握《にぎ》られている。

セトの目に、少しだけ陰《かげ》りが宿った。

「生命力、っすか」

それなら、このネックレスは渡す必要なんて無かったかもしれない。

カノとキドは、何だかんだで変わらない。少しだけ、昔と変わったこともあるのだろうけど、少なくとも、セトにはそう見えた。それはきっと、長い時間を彼らと共に過ごして来たからそう思える。

身長が伸びた、抜かされた。可愛《かわい》くなった、可愛くなくなった。小さくなった、そっちが大きくなった。

そんな風なことを、言い合って過ごして来た。

なんとなく、これからもそうなのだと、僕は漠然《ばくぜん》と思っていた。

でも、目の前の少女はどうだろう。

大きくなった、かっこよくなった。そんなことを言ってくれた、出会った時から変わらない彼女に、与えられた時間の差を嫌でも突きつけられる。

もしも、もしかしたら、肩を並べて、同じ景色を見て笑いあえる。なんてことがあったら。

そんなどうしようもない空想を抱いて、身長を伸ばそうとしたのは、何時だったっけ。


「セト……」


突然の声に、肩をびくりとさせる。

声の主を見れば、すやすやと眠っている。その口元には、柔らかな笑み。

どうやら寝言らしい。

「夢の中にお邪魔《じゃま》してるっすか」

幸せそうでなにより。

ふっと笑って、思考を切り替えた。

一緒にいる時間が限られているなら、尚更《なおさら》。こんなしょぼくれた顔を見せる訳にはいかない。

何時もの快活《かいかつ》な笑みを浮かべて、セトはマリーの頭を撫《な》でる。

「早く元気になるっすよ、マリー」

少女の髪は、夢の中を歩くようなふわふわした感覚を返してきた。

何かに頬をくすぐられて、セトは目を覚ました。ゆっくりと目を開けば、辺り一面の秋桜畑が目に飛び込む。空は相変わらずの、柔らかい水色。頬をくすぐってい たのは、やっぱり秋桜だった。

背中の木でできた何か、確認はしていないが、恐らく自分の名前が刻まれた十字架から背中を離し、手をついて立ち上がる。自然と目に入った手は、案の定、普段の自分のものより大分小さい。

秋桜をかき分けて進もうとすれば、向こうからその音が聞こえる。セトは黙って、こちらに向かって来る足音を聞いていた。

暫《しばら》くして、綿菓子雲の髪を持つ少女が姿を現す。少女はしゃがんで、セトに目線を合わせる。

「こんにちは、今日はココアにしよっか」

背丈の高い秋桜、何時もより遠い空、自分の名が刻まれた十字架、幼い自分の姿。どれもこれも、慣れてしまった。慣れてしまっても、これだけは慣れることができない。

「アイスココアがいいっす」

何時もの自分が使っている口調で答えれば、少女が大人びた笑みを浮かべる。いや、大人びた笑みじゃない。きっと、この彼女にとって年相応の笑みなのだろう。

自分より少し上ぐらいの年頃の姿で、十字架と同じくこの場に不似合な真っ黒い喪服《もふく》を着た少女は、何度会っても、やはり慣れることはなかった。

大きめのログハウスの中を香ばしいクッキーの香りと、緩やかでキラキラした音色が覆う。テーブルの上には、渦巻きのクッキーに氷の入ったココア、それとメリーゴーランドが乗っかったオルゴール。曲のリズムよりゆっくりと、メリーゴーランドが回る。

キラキラしたゆっくりの、どこか懐かしいメロディ、油断すれば眠りに誘われそうなほど耳触りが良い。

冷たいココアを口に含めば、優しい甘さが広がる。甘いココアにクッキーなんて組み合わせを美味《おい》しいと感じるのは、やはりこの姿のせいだろうか。

「今日は何が聞きたい？」

目の前の自分とひとつ、ふたつしか変わらないはずの、ずっと年上の少女が問いかける。クッキーを口に含んだまま、少年が首を縦に振れば、柔らかく少女は微笑む。

セトはクッキーを噛《か》み砕《くだ》きながら、聞きたいことを考えた。聞きたいことはたくさんある。でも、聞ける時間は、何時だって限られている。

少しだけ考えて、セトはクッキーを呑《の》み込み、口を開く。

「マリーは墓守《はかもり》ばっかりしてて、辛《つら》くないんすか？」

「うーん。もう忘れちゃったなあ」

窓の外に目を向けながら、秋桜畑に向かって、場違いな柔らかい笑みを浮かべる。

そこからあの十字架たちは見えない。

「だってあれからずっとひとりなんだから。辛いとか哀しいなんて、考えだしたら止まらないよ」

「他の人と会ったりしないんすか？　それともまだ人が怖いとか」

セトの絞り出した声に、マリーは可笑《おか》しそうに笑う。

「忘れちゃった？　皆セト達みたいな能力もないし、私みたいな長生きさんでもないんだよ？　ただの人間は、私を受け入れてなんかくれないの。だからずっとひとり」

ああ、でもセトに会う前もひとりだったかな。

柔らかい声と、痛烈な答えに、セトは思わず顔をそらす。

くるくる、ゆっくり回るメリーゴーランドのオルゴールは、曲の終盤《しゅうばん》まで来ていた。

ココアに僕の顔は映らない。きっと泣きそうな顔をしているから、映らなくていい。見たくない。見られたくない。

「でも不思議だね。あの時より痛いの」

陽だまりのなか、世間話でもするように、マリーが口を開く。

「きっとセトがこの森に来てくれたからだね。カノやキドに会っちゃったからだね」

少年は顔を上げることが出来ない。何かを言うことも出来ない。言い分すら頭に浮かばない。

そんなセトを知ってか知らずか、マリーは穏やかに話を続ける。

「セトはどうして、最後までそばに居てくれたんだろうね。何で私の大切な人になっちゃったんだろうね」

「それは」

言葉も持たずに顔を上げれば、さっきまでと同じ、柔らかな笑みの少女が居た。

少女は答えを期待していなかったように、大人びた、幼子《おさなご》に向ける笑みを向けてきた。

「セト、知ってる？　思い出が沢山あった時って、ひとりをつらくするスパイスにしかならないの」

暗闇の中、青年が布団から跳ね起きる。体中に嫌な熱が纏わりつく。

青年、セトは縋《すが》るように窓を開けて、上半身を外に放り出す。

何時の間にやら降っていた雨が、髪と背中を濡《ぬ》らすが気にはならない。むしろちょうどいい。湿った感触に覆われながら、呼吸を落ち着けていく。窓から落ちそうなぐらい濡れたところで、ようやく落ち着いてきた。

セトは窓を開けっ放しにして、その下に座り込む。身体が冷えてきたが、それでいい。窓から雨水が飛び込んで来るが、気にもならなかった。

無理やり目を閉じて、眠ろうと試みる。雨音が耳に響いて、体中が冷えていく。それでもいい。静かだと、さっきの夢を見てしまいそうでこわいから。


どれぐらい前かは覚えていない。でも多分、今回の旅の途中だった気がする。幼い自分と成長した彼女という、本来あるはずのない姿。秋桜畑に不似合な十字架、刻まれた自分の名前。

それが何かの予知夢なのか、自分の妄想《もうそう》なのかは分からない。

分からないが、自分が見たことのない笑みを浮かべる喪服の少女。何時も彼女が口にしたことは、いつか現実のものとなる。

聞きたいことはたくさんある。それが耳を塞《ふさ》ぎたくなる答えしかないものだとしても、聞いてしまう。きっと自分に、目を逸《そ》らす権利はないから。

知っている彼女の知らない笑みを頭から追い出そうとして、留《とど》めようとして、セトは次第に、眠りに落ちていった。

「幸助《こうすけ》くん、今日はもう帰った方がいいんじゃない？」

雨がガラス扉を打ち付ける午後四時。店主の娘が唐突《とうとつ》に口を開いた。

カウンターに肘《ひじ》をついて携帯を片手に口を開いた彼女とローマ数字が刻まれた時計を見比べて、セトは首を傾げる。

「俺のシフト、今日は七時までっすよ」

「そんな林檎《りんご》みたいなほっぺでよく言えるわね」

呆《あき》れたように溜息を吐《つ》く娘さんの言葉に、セトはぎくりとして店の奥にある鏡に目を移す。言われた通り、自分の頬はここへ来たときより大分赤くなっている。今朝《けさ》も少しだけ身体が火照《ほて》っていた気はしたが、まさか仕事中にここまで悪化するとは思っていなかった。

「ほら、早いとこ家に帰って寝なさい。お父さんには私から言っておくから」

「それはありがたいんすけど、俺、今日傘《かさ》忘れちゃって。帰るに帰れないんすよ」

そう答えて、窓の外に目をやる。雨足はさっきよりかなり強くなって来ていた。これを傘なしで帰ったら、それこそ頬だけでなく、顔ごと林檎になってしまうだろう。

「それなら大丈夫よ。さっきメールしておいたから」

「へ？」

娘さんが携帯を持った手を振る。セトは持っていたプランターを置いて、彼女のもとに駆け寄る。携帯画面には、丁寧《ていねい》で素《そ》っ気《け》ない、『迎えにいきます。』の文字、送り主の欄には『つぼみちゃん』。受信時間はついさっき。

「……いつの間にアドレス交換したんすか」

「幸助くんがここで働き始めて五日後」

当然とでも言うように、あっさりと娘さんが返事をする。五日後っていったら、まだ試用期間じゃないか。

そんなセトの表情を無視して、携帯をゆらゆら振りながら口を開く。

「ここ最近、つぼみちゃんからメールが来るのよ。幸助くんの体調が悪化してくるようなら、無理やりにでも帰してほしいって」

「キドが……」

そういえば今朝、朝食を作りながらメールを打っていた気がする。あれは娘さんにだったのか。

「それにしたって、幸助くんも体調崩すのね」

「……まあ、季節の変わり目っすから」

少しだけ、言葉を濁《にご》す。

流石《さすが》に、ここ最近窓を開けっ放しにして寝ています、なんて言えない。

あの夢を見るたび、窓を開け放して、びしょ濡れになって、窓の下で寝る。そんなことを繰り返していた。

ここ連日雨が降っているくせに、毎日窓を開けっ放しにして寝るな、馬鹿が。しかも何故布団で寝ないんだ。

最初の頃はそう頭ごなしに怒ってくれたキドも、最近は怒るより先に、バイトへ行くのを止めようとしたり、何かあるなら言えと、毎日のように言ってくれる。

正直、心配をかけるのは胸が痛い。それでも窓を開けるし、バイトにも行く。連日の雨も、正直有難《ありがた》い。夢の中のあの場所は、何時だって静かで、穏やかな晴れ模様だから。真逆の風景は変に落ち着く。

カラン、入店のベルの音に振り返れば、二本の傘と買い物袋を手に持ったキドが立っていた。

頬が林檎みたいになったセトを軽く睨《にら》むと、娘さんに歩み寄り、軽く会釈《えしゃく》する。

「連絡、ありがとうございます」

「別にいいわ。それよりその袋のパン、うちのすぐ近くのじゃない。まさかずっと待ってたの？」

「いや、違います……」

答えながら、キドが目を逸らす。どうやら図星らしい。そんなに体調が悪そうに見えたのか、今朝の自分は。

「ふうん、まあいいわ。幸助くんのこと連れ帰っちゃって。そんで、元気になったらまた連れて来てね」

「はい、お言葉に甘えて。ほらセト、帰るぞ」

「うっす。あの、お先失礼します」

「うん、お大事に」

「……うっす」


ひらひら手を振る娘さんを背に店を出て、キドから傘を受け取る。途端、キドが雨足より強い視線を向けて来る。そしてデコピン。


「痛っ！」

「これぐらいで勘弁《かんべん》してやる。全く、こんなに熱出す前に休め。悪化させたら元も子もないんだぞ」

「うっす」

「これ以上体調崩すようなら、カノを代理に行かせるからな」

「……それは勘弁してほしいっす」

カノがあの花屋で働くなんて、あることないことあの娘さんと意気投合しそうで怖い。

そんなセトの考えが読めたのだろうか。キドがくすりと笑って、セトに携帯を差し出す。そこには『カノ』の二文字。

「それが嫌なら、早く治すんだな。それとこれ、マリーからだ」

マリーは一応キッズ携帯を持っているが、何分《なにぶん》使い方がまだ分かっていない。だからこうやって、他の団員を通じて電話をすることが多い。

キドから携帯を受け取り、耳に当てれば、涙まじりの小さな声が聞こえてくる。

「セト！　生きてるの？　頭大丈夫なの？」

「ちょっとマリー、何の話っすか？」

「だってふらふらになっちゃって、花壇《かだん》に頭ぶつけて血がいっぱい……」

「いや、それは無いっす。熱出しただけっすよ」

「え、そうなの？」


どうやらカノに、吹きこまれたらしい。

それだけオーバーなことを言っておけば、この頬が林檎になるぐらいの熱、軽く感じるはずだ。カノらしいといえばカノらしい。


「それじゃ、死んじゃったりしないの？」

「熱ぐらいで死んだりしないっすねえ」

「よかったあ」


電話越しに、声のトーンが明るくなる。

そんな声と相反するように、傘を打つ雨音が大きくなる。

「それじゃ、あと少しでアジトに着くから、大人しく寝てるっすよ」

「むう、もう大丈夫だもん。セトの方が心配だよ」

ふてくされたような返事が電話越しに返って来る。

セトが帰ってきてから、マリーの風邪はゆっくりながらも回復してきた。もっとも、自分が居ない間にかなり悪化させていたようで、まだお粥しか食べられないが。

「それもそうっすかね」

「そうだよ」

「そうっすか。それじゃ、キドに携帯返すっすよ」

「うん、じゃあね」

短い返事と共に、電話が切れる。途端に耳を囲む雨の音。

何だろう。電話越しの声が、遠い昔のものに感じられる。

「ほら、携帯返せ。そして帰って寝ろ」

キドの声で、現実に引き戻される。気が付けば彼女は、自分の数歩前を歩いていた。

「うっす」

避けようのない水たまりをバシャバシャ踏みながら、キドのもとに駆けつける。自分の様子に少し怪しむようなそぶりをみせたキドの背中を押して、今度は自分が急かしてみせる。

上からも下からも、水が降ってきたり跳《は》ねたり。強くなる雨は、傘があってもなくても同じ気がする。

薄暗い雲が空を隠して、水たまりが地面を覆って、町中をその色で染めても、最後には跡形もなく、梅雨は去る。昨日の雨だって今日が晴れれば、人には遠い昔のことのように思えてしまう。

どれだけテレビで騒いだって、警報が鳴ったって、いつか跡形もなく消えてしまうんだ。


「マリーは、俺達のことを忘れようと思った事無いんすか？」


ピタリと、自分の紅茶に角砂糖を入れようとした少女の手が止まる。

メリーゴーランドのオルゴールは、まだ曲の始まりを奏《かな》でている。少年のティーカップには、ミルクとお砂糖がたっぷり入った紅茶。何も入れずに飲もうとしたけど、思った通り、この自分の口には合わなかった。

目の前の少女は、珍しく不思議そうな顔をつくる。


「どうしてそう思うの？」

「だって、俺達に会っちゃったからこんなに辛いんすよね？　なら忘れたいって思ったりしないんすか？」

「うーん、思ったことは、無いかなあ」

少し困ったように、少女が首を傾げる。落とされた角砂糖は、水しぶきを立てることなく紅茶に溶けていく。

「例えばさ、セトは色んな場所に、ふらりと行っちゃうでしょ。それはどうして？」

「行きたいって、思ったからっすね」

「それと同じだよ。行きたい、忘れたくない。そんな漠然とした理由だけ」

ああ、そうか。すとんと、セトの心に何かが落ち着く。自分が不定期に山や海に放浪するのに、はっきりした理由はない。理由を問われたとしても、『行きたいから』としか答えられない。

「分かるでしょ？」

何時もの、自分が知らないはずの大人びた笑みを、少女が浮かべる。

「心なんて、言葉に出来ないことの方が多い、酷く曖昧《あいまい》なものなの。例えば、あなたと会った時、とか」

「俺と？」

それは、初めてこの森に迷い込んだ時のことだろうか。

そういえば、この家の扉をノックした時も、『助けたい』なんてひどく漠然とした理由だけだった。

そんな考えが伝わったのだろうか。目の前の少女が、また知らない笑みを浮かべる。

「初めて会った時じゃないよ。あの後、何度も会いに来てくれた時のこと」

「あの後、っすか？」

「そう、あの後何回も、何年も私に会いに来てくれたでしょう？　だから分かっていたの、あなたも、私も」

はっとして、また俯いてしまう。白く濁《にご》った紅茶は、彼の表情を映すことはない。分かっていた。

「あれだけ何年も一緒にいて、身長も声も変わって、時間の流れが違う、なんてこと分かっていたのに、どっちも何も言わなかったよね。どうしてかな？」

「それは、言いたくなかった、から」

「なんで二人とも、さよならって言わなかったんだろうね？　あなたは歳を取って、私は哀しい思いをするのが目に見えていたのに」

「それでも！」

思い切って顔を上げる。何度も思ってきたこと。言えるはずの言葉があったから。

「いつかお別れしちゃうなら、せめてそれまで一緒にいたいって、たくさん思い出があったらって……」

「セト」

言葉が、萎《しぼ》んでいくのが分かる。自分の台詞《せりふ》が、酷く陳腐《ちんぷ》なものに感じられた。
目の前の少女は、知らないはずの笑みを浮かべながら、紅茶を一口。
オルゴールはいつの間にか、あと少しのリズムを奏でるだけになった。
可笑しそうに微笑んで、少しだけ、哀しそうな色が瞳に宿る。少年はこの場所に来てはじめて、少女の言葉以外の哀しみに触れた。

「セト、その言葉を言える相手は、私じゃないよ？」

ガラス越しに響く雨音に構わず、窓を開け放つ。

落ちそうになるぐらい身を乗り出して、雨を浴びる。昼間より強くなった雨は、服に染みわたり、髪を濡らし、セトは数秒もせず水浸《みずびた》しになる。それでもまだ足りない。呼吸が落ち着かない。顔の火照りも、全然気にならなかった。

ふと、昼間のキドが目に浮かび、少しだけ呼吸が落ち着いてきた。何度も深呼吸をして、無理やり呼吸を落ち着かせ、また窓の下に座り込む。相変わらず、窓を開け放したままで。

「キドに怒られちゃうっすね」

乾いた笑いと共に、そんなことを口にしてみる。それでも、窓を閉める気にはなれない。それどころか、口にした言葉が自分のものではないとすら感じた。

顔が、さっきよりも火照っているのが分かる。

「心配かけちゃうっすかねえ」

また、そう口にしながら俯く。口にした言葉が、他人のものに聞こえた。

「分かってたはずなのになあ」

今度は、ちゃんと自分の言葉だと思えた。

そう、分かっていたはずなんだ。

一緒にいたいとか、楽しい思い出があれば大丈夫とか、別れがあるなら尚更時間を大切にしないとなんて、全部、この場所に居るマリーに向けられた言葉だ。

僕達が居なくなって、ひとりぼっちになった彼女に言える言葉を、僕は持ち合わせていない。

あの時、口にした言葉がその場しのぎの台詞になっていくのが分かった。否《いな》、元々、『マリーと一緒にいたい』なんて、唯一言葉にできる感情のための、本当に即席の台詞だったのかもしれない。

「自己満足、か」

口にした言葉が、雨と同じように染みわたる。

顔をつたう水が、雨なのか涙なのかも分からないぐらい、頭がぼんやりしてきた。

雨だったらいい、雨がいい、自己満足だったとしても、泣いた後の赤い目を、見られたくはない。

瞼が、重くなる。熱のせいだろうか。何時もより眠りにつけるのが早い。

扉を開ける音に気づかず、ぼんやりした感覚に身を任せ、セトは眠りについた。


「39度2分、昼間より大分下がったな」

右手に生姜《しょうが》入り豆腐のあんかけ、左手に体温計を持ったキドが、少しだけ顔を緩める。

「でも大分高いねえ。これは僕の出勤かな」

「セト、絵本何がいい？」

手前の席では、マリーが目を輝かせ、カノが茶化《ちゃか》すように口を開く。豆腐のあんかけがテーブルに置かれれば、二人ともすぐさま戦闘態勢に入る。キドが制止して、それぞれの器に豆腐を盛り付けていく。

パジャマ姿がふたりに普段着がふたり。お粥がふたりに普通のごはんがふたり。カウンターには、異国の文字が書かれた絵本。ついでに熱冷ましシートを額に貼り付けているのがふたり。

久しぶりに全員が揃《そろ》った夕食のアジトは、少しだけおかしな光景だった。

昨日の真夜中。ふと目を覚まして、水を飲みにキッチンへ向かったマリーは、セトの部屋から強めの雨音が聞こえて来るのを耳にした。

セトがキドに、窓の開けっ放しにしていたことで怒られていたのを思い出したマリーは、窓を閉めるため、セトの部屋に入った。だが、閉めるはずだった窓の下で、顔を真っ赤にしたセトが倒れていた。

数十秒後、泣きながらセトを移動させようとするマリーの声と、開けっ放しの扉から入って来た雨音で目を覚ましたカノとキドが起きて、二人の惨状《さんじょう》を目の当《ま》たりにしたというわけだ。

その後は事が猛スピードで進められた。カノはセトを着替えさせて、マリーは救護箱を漁《あさ》り、キドは窓を閉め、入って来た水滴を拭《ふ》きとる。

その日の朝、目覚めたセトは、まずキドの拳《こぶし》を喰《く》らい、自分を移動させる時、雨に濡れてしまったせいで少しだけ熱を上げてしまったマリーに泣きつかれた。

カノは何時ものように笑って茶化してきたが、雨の中針金やペンチを駆使して、窓を開けられない細工を小一時間もかけて作り上げていたのだから、相当心配をかけたのだろう。最も、今回はあの夢を見なかったが。

キドの作るあんかけは、生姜の他に鶏《とり》がらスープも入っていて、競争率が高い。だからたまに、ゆっくり食べられるように取り分けられる。病人がふたりも居る今日なんかは、まさにそれだった。

ゆっくりと、薄く塩で味付けされたお粥を口にする。幸い、食べ物がのどを通ら

ない、なんてことはなく、お粥はゆっくりとのどを通る、

「そうだカノ、これ食べ終わったらお前のベッド、セトの部屋に移動させとけ」

「りょーかーい」

ことはなかった。

セトは嚙むこともなくお粥を呑み込んで、せき込んだ。

ていうか何だ、運ぶって。

「キド、運ぶってなんすか」

「カノのベッドを、お前の部屋に、だ。まあ、四人で寝るには少し狭いが、丁度いいだろう」

「丁度いいって何に……」

「お前の見張りに決まってるだろう」

「そうそう、そんな状態で窓でも開けられたらたまんないからねえ」

カノが笑いながら、食べ終わった食器を片づける。

キドは息を吐《つ》き、セトに目を向けた。

「カノの言った通りだ。拒否権は無いからな」

「いや、でもふたりにうつったりしたら……」

「毎晩窓を開けてない限りひかない風邪だ。そう簡単にうつるか」

「それに年頃だし……」

「俺達に向かってそれをいうのか？」


キドが、ニヒルに口元を吊《つ》り上げる。まあ、言ってることは間違ってないような、そういう論理じゃないような。

とりあえず何かを言おうとしたセトの額に、キドの指が近づく。またもやデコピン。

「痛っ！」

「まったく、そういう一丁前なことは、その風邪を治してから言うんだな。第一窓を開けっ放しで風邪ひく奴に、年頃云々言う資格は無い」

「はいっす……」

食器を持って立ち上がるキドを見ながら、セトはもっともだと納得してしまった。理由はどうあれ、連日窓を開けっ放しにしたがために風邪をひいたのだ。そんな奴が年頃だのなんだの言える立場ではない。

「『としごろ』だと、一緒に寝ちゃ駄目なの？」

テーブルに残ったマリーが、首を傾げる。

というか、それを僕に答えろというのか。

「えっと、そういうのは人によって違うんじゃないっすかねえ。いい人はいいし、駄目な人は駄目なんじゃないっすか？」

「へえ、難しいんだね」

消化不足。そんな顔をしながら、蓮華でお粥を掬う。セトが帰った時に比べて、大分安定してきた。

そういえば、あの少女はいわゆる『お年頃』なのだろうか。自分よりすこし年上に見えたが、年齢が年齢だ。それにもしかしたら、彼女の『お年頃』は、こうやって皆で食事をしたりする、今なのかもしれない。あとはずっと、そんな時期なんて存在しない。だってそういう時期は、誰かがいて、初めて意味をなすものだから。

ああ、そう言えば、当たり前になり過ぎて、まだ彼女に聞いてないことがあった。

「どうして俺は小さいんすか？」

唐突な少年の問いに、ミルクの入ったティーカップを持った少女は、何時もの知らないはずの大人びた笑みを浮かべる。

「セト、知らないままここに来てたんだ」

「え、マリーは知ってると思ってたんすか？」

くすくす笑う少女に、セトは目を丸くする。蜂蜜《はちみつ》をたっぷり入れたミルクをテーブルに置くと、改めて、可笑しそうに笑う少女の顔を見つめた。

「うん。だってセト、ここはどこだと思う？」

「えっと、未来とか、異空間とか……」

「そんな小難しいことじゃないよ。もっと根本的なこと」

根本的なこと。

そう言われても、簡単に分かるものじゃない。セトはそう思いながら、ふとオルゴールに目を移す。回り始めたばかりのメリーゴーランドが一緒に奏でるそれは、そういえば子守唄《こもりうた》のひとつだった気がする。それが、少年にヒントを与えた。

「俺の、夢の中……？」

「正解」

幼子を褒《ほ》め称《たた》えるかのように、少女はパチパチと手を叩《たた》いた。

「ここは未来とか異空間とか、そういう場所である前に、まずあなたの夢の中なんだよ」

「そうなんすか……？」

「そうだよ。そして夢は、願いを映すの」

「願い……？」

訳が分からない。そんな風に首を傾げたセトに、少女はまた大人びた笑みを見せる。

「セトは考えたことない？　もし時間の流れが、私と一緒だったら、とか」

「あ……」

はっとしたが、今回は俯かず、少女を見据《みす》えることができた。

少女の瞳が、心当たりがあると言わんばかりの自分を映す。

「あるでしょう。だって私も、何度だって考えたんだよ。もしセトと時間の流れが同じだったらって」

「じゃあ、俺がマリーに出会った頃の姿なのも、マリーが大きいのも……」

「うん。君の願い。でも同時に私の願いでもあったかな」

私の願いだった。

その言葉は、少年を俯かせるのに十分だった。甘い、蜂蜜をたくさん入れたミルクは、あの頃の自分なら、間違いなく美味《おい》しかっただろう。その証拠に、今は美味しい。

少女は少年に構わず、大人びた笑みを浮かべ、いつも通り話を続ける。

「夢ってね、現実じゃないでしょ。だからこうやって、本来会うはずのない私とあなたが出会えたの」

「会うはずがない？」

「うん。だってほら、私がこんなに大きくなれるのは、一体どれぐらい先？」

顔を、上げることが出来なかった。でも今までみたいに、窓を開け放したくなるような苦しみは来なかった。それはきっと、彼女が、置き去りにされた苦しみを自分に向けて来ないから。その代わり、胸が今までとはどこか違うように締め付けられる。

きっと、彼女の問いに返す言葉を、自分は持ってしまっているから。

「俺が、居なくなったあとっすか？」

「そうだよ」

肯定《こうてい》の返事に、ゆっくりと顔を上げる。少女は相変わらずの大人びた笑みを浮かべていた。

「夢は、願いを映すの。それが叶《かな》わないことなら尚更。セトはさっき、未来、とか、異空間、って言ったよね。でもその何処だって、あなたと私が出会うことはないでしょ？」

喪服の少女が、秋桜畑に目を向ける。不似合な十字架たちは見えない。でも、確かにそこにある。

メリーゴーランドが、もうすぐ止まる。

何時もみたいに、逃げたくて、逃げたくない衝動は来ない。その代わり、もう少しだけ、ここに居たいという願いと、もうひとつの聞きたいことが頭を横切る。

「もうひとつだけ、いいっすか？」

「うん。時間、あんまりないけどね」

知らないはずの微笑みを見せる少女をセトは見据える。けど、目を合わせることは出来ない。

「ここは全部俺の夢？　それとも別の何かがあるの？」

少女が、ぽかんと口を開いた。ここに来てあまり見ることのなかった、知っている顔。しかし、すぐに知らない笑みに戻り、幼子に言い聞かせるように微笑んだ。

「それは、どっちでもいいでしょ？」

ここに来て、初めての濁すような答えに、少年は少女と目を合わせようとする。しかしその前に、少女は目を逸らした。

「だって、もうすぐ終わるんだから」

ゆっくりと瞼を持ち上げて、セトは上半身を起こす。右から、左から、三人分の寝息が聞こえる。そうだ。昨日はお世辞にも広いとは言えないベッドで、四人で固まって寝たんだ。あの状態で誰も落ちなかったのは、正直奇蹟《きせき》に等しいと思う。

閉まったままの窓の外では、相変わらずの強い雨が降っている。薄暗いけど、夜みたいに真っ暗じゃない。今は多分、何時もならバイトに行っている時間。本来起きているはずのカノやキドが寝ているのは、僕がちゃんと寝るまで、しっかりと見張っていたからだろう。

珍しく、少し熱のある身体は外の雨を求めない。そのことが改めて、自分が目を逸らしていたこと、ひとりぼっちの彼女に、出会った頃のようにかける言葉も、できることも持ち合わせていなかったことを思い知らせる。

「叶わない願い、か」

もう、願うことすら忘れていた。

出会った頃は、もっと大きくなりたい。なんて願っても、なかなか大きくなれなくて、大きくなりたくない、なんて願った頃に、ぐんぐん身長が伸びた。皮肉なんて言えないぐらい、当然で仕方のないこと。

まだ、窓を開け放つような息苦しさは来ない。それでも無性に、雨が見たくなって、ベッドから降りようとする。

「だめ……」

降りようとしたところで、右腕を引っ張られた。そちらに目を移せば、入道雲の少女が腕に絡《から》みついていた。

「窓開けちゃだめ。セト、また倒れちゃう」

「大丈夫っすよ。ちょっと雨を見るだけだから」

「だめ、離さないもん」

腕を強く掴まれながら、セトは少しだけほっとした。頬を膨《ふく》らませ頑《かたく》なに離そうとしない少女は、自分が良く知っている少女だ。それでも彼女はいつか、自分のいなくなった後で、自分が本来見ることのない微笑み方をするのだろうか。僕の十字架の前で、あの秋桜畑の家で、たったひとり。

梅雨は、大きな季節のほんの隙間、一度だけの、季節とも言えない短い時間。僕は、それなのだろうか。彼女の時間のほんの一部。記憶だけが、そこにいた証《あかし》。何も残せるものは無く、消えていく。

「マリー、俺は……」

君に哀しみ以外を、残せるのだろうか。

聞くべきで、聞いてはいけない。そんな言葉を口にしようとしたところで、セトの携帯が鳴る。マリーの視線もそっちに向かい、カノとキドも、着信音で目をこすりながら寝返りをうつ。セトはふたりを起こさないように、左手でそっと携帯を掴む。携帯画面には、バイト先の花屋の娘さんの名前。声のトーンを落として、携帯を耳に当てる。


「はい、瀬戸《せと》です」

「あ、幸助くん。熱下がった？」

「いえ、まだちょっと。でも出勤した方がいいっすか？」

「ううん。むしろしばらく休んでて貰《もら》う事になった」

「え？」


娘さんの予想外な台詞に、セトはおもわず素《す》っ頓狂《とんきょう》な声を上げる。

突然のシフトなら兎《と》も角《かく》、なんで休みなんて。


「えっと、何でまたそんな、俺何かしたっすかね」

「ううん。幸助くんは全然悪くないよ。悪いのはむしろうち」

「え、いったいどういう……」

　セトが問いかけたとき、娘さんの声が途切れた。代わりに沢山の人の声が聞こえて来る。

『そこの花は無事？』

『ガラスはカウンターの中にはないのか！』

『おい、誰か野次馬《やじうま》をあっちにやってくれ！』

　聞く限り、ただ事でないと言わんばかりの叫びが聞こえてくる。状況があまり読めないセトの耳に、中継終了とでも言わんばかりに娘さんの声が返って来た。

「ね？　今店の営業どころじゃないのよ」

「あの、具体的に何があったんすか？」

「ああ、店に鉄骨が突っ込んで来た」

「え……？」

「うちの横の店、建て替え中だったでしょ、あそこから」

呆気《あっけ》にとられて、ちゃんとした言葉が出ない。そんなセトを華麗《かれい》に無視して、娘さんが喋《しゃべ》り続ける。

「幸助くんラッキーだね。あんな風邪ひいてなきゃ、今頃鉄骨に打ちのめされてあの世行きだよ」

「いやー、あれは酷《ひど》かったよ」

店の様子を見て来たカノの第一声はそれだった。

電話を受け取ったすぐ後、着替えようとしたセトの腕をマリーが掴んで、その足でカノを思いっきり蹴《け》っ飛《と》ばした。元々起きかけていたカノはすぐ起きて、セトから事情を聞きだすや否、キドを起こしてセトとマリーを任せ、外に飛び出した。

そして今現在、セトは布団から上半身を起こして、カノの話を聞いている。

「接客エリア全体に鉄骨が降ったみたいでさ。でも隣とはいえ、壁をぶち破っちゃうなんてねえ」

「そういえばこの前、大分傷《いた》んでるからうちも修理するとか言ってたっすね」

「ああ、それであの惨状か。それにしたってお客さんどころか店員すら居なかったって、すごい不幸中の幸いだよねえ」

カノが感嘆《かんたん》するように、腕を組んで首を縦に振る。

あの時間帯、店の方には娘さんとセトしか店員が居ない。代理の店員を入れるにしても、そんな人はいないため、娘さんがひとりでやっていたらしい。娘さんが水を飲むため、カウンターの奥に戻ったすぐ後、鉄骨が突っ込んできたのだという。

自分がその場にいたらなんて、考えただけでも恐ろしい。

「不幸中の幸い、っすか」

「まあ、窓を開けっ放しにして風邪をひく、なんてのも考えものだけどね。でもよかったんじゃない？　普通に店に行ってたら、キドを怒らせマリーを泣かせ、だけじゃ済まなかったしね」

「病気のお蔭《かげ》で救われたってことっすか」

「まあ、そういうことだね。でもさ」


ちょっとだけ、ほんの少しだけ、カノが素顔に戻った気がする。その不思議そうな顔が、本当か嘘《うそ》かは分からないけど、言葉は、全部本当な気がした。


「今だから言えるけど、セトは何で窓を開けたまま寝たりしたの？　こんなことがあった後だとさ、なんかこう、意図的っていうか、偶然じゃない何かを感じるっていうか」

「偶然じゃない、っすか」

セトは苦笑いをカノに向ける。それに何を感じたのか、カノは何時もの笑みを張り付けた。

「まあ、無事なら結果オーライってことで。僕があの娘さんとあることないこと話せないのは、残念だけどね」

「まあ、それこそ不幸中の幸いっすね」

「ひっどいなあ、セト」

実はちょっと、あの店で働いてみたかったりしたんだよねえ。

そんな言葉を残して、カノは部屋から出て行った。

その扉を見つめながら、セトはもう一度呟いてみた。

「偶然じゃない、か」

連日の、窓を開け放して、雨を浴びたくなる衝動。今日、店に降って来た鉄骨。そして、もうすぐ終わるという少女の台詞。

「偶然じゃなかったってことかな」

「こんにちは」

知らないはずの大人びた声の、知っている笑みを含んだ声に、少年は目を覚ました。

相変わらず、優しい水色の空は遠いし、秋桜は頬をくすぐってくる。背中を預けている木製の何かは、自分の名前を刻んだ十字架だと、見なくても分かる。

自分に被さる影の主を見上げれば、セトはここに来て初めて、笑うことができた。

「こんにちは、マリー」

見上げたそこには、自分の知っている笑みを浮かべた、知らないはずの姿の少女が、真っ白なワンピースを着て、こちらを見下ろしていた。

「ごめんね。直接言うことはできないからって、こんなことしちゃって」

ショコラショーを手に、マリーがしょんぼりした顔をこちらに向ける。昨日までの大人びた笑みはどこへ行ったのか。一転して、自分が知っているはずの少女と変わらない表情を向けて来る。

甘いショコラショーを口に含んで、セトは首を横に振る。チョコレートを溶かしたような飲み物が口に合うなんてことも、すっかり慣れていた。

「しょうがないっすよ。言えない理由はよく分からないけど、多分俺の生死に関係することだからっすよね。風邪は酷かったっすけど、命には代えられないっすから」

そういって微笑めば、目の前の少女は安堵したように胸を撫で下ろした。知らないはずの姿の知っている表情は、セトをひどく安心させた。

「よかったあ、何時も追い詰め過ぎちゃったんじゃないかって不安だったの。でもあれぐらいじゃないと、セトはお店行っちゃうかもしれないし」

「まあ、まさにその通りってしか言いようがないっすねえ。それに……」

少しだけ言葉を止めて、マリーの瞳を見据える。

メリーゴーランドは回っていない。ゆったり、キラキラとした、どこか懐かしい子守唄は聞こえない。それは多分、今日が最後だから。

子守唄が終わらなくたって、生きている限り、『夢』は終わる。

最後の最後に、この知るはずのない森に居ることができる時間が、延びただけ。

僕が生きているなら、この『夢』は終わる、それだけのこと。

本当なら出会うはずのない、君と僕。

だから僕は、いつかの彼女から、目を逸らせない。

「マリーが言ったこと、全部本当、なんすよね」

彼女に会うたび、窓を開け放った。ずっと考えないようにしていたことが、一気に頭に入ってきて、何も言うことのできない、哀しみ以外を残すことはできない。

そんな現実から、目を逸らしたくて、逸らしたくなくて。

ここで何を言ったって、目の前の少女が救われる訳じゃない。でも、僕の知っている少女と、早めにさよならをして、傷口を浅くしてあげることぐらいなら。

「俺はマリーに、結局哀しみしか残せないっすか？」

「え？　ちゃんと他にも残してくれたよ？」

予想外。

きょとんとしたマリーの表情に、セトは吃驚《びっくり》した、なんてものじゃないぐらいに目を丸くした。

そんなセトの顔を見据えると、マリーはいたずらっ子の笑みを浮かべて立ち上がり、どこから取り出したのか、自分があげた珊瑚のネックレスを取り出す。

「これからね、珊瑚を見に行くの。セトが見に行ったのと同じところ」

「俺が行った……？」

ぽかんとしたその表情に、僕の知っている笑みで、マリーは頷き返す。心なしか、声は弾んでいるように聞こえる。

「セトはさ、世界中に足跡を残してくれたでしょう？　私はね、セトのお土産とお話を辿《たど》っていくの。そしてね、たまに帰ってきたら、みんなの十字架の前でお話をして、次は何処へ行こう、って考えるの」

知らないはずの少女の、知っている、弾んだ笑みと声。

「俺の、足跡……？」

「そうだよ。出会った人と、ずっと一緒にはいられない、けどね」

少しだけ哀しそうな色を浮かべた瞳。でも、それを打ち消す、知っている笑顔より、ずっとキラキラした表情。

「旅をして、セトの足跡を辿ってるとね、寂しくないの。セトが一緒に居てくれるみたいで」

マリーはテーブルを回り、ぐっとセトに近づいてかがむ。そこにあったのは、いつかの日に初めて見せてくれた、出会えた幸せの笑顔。

「セトが足跡を残してくれたから、私は辛くない。哀しみに耐えながら生きたりなんて、しなくてよかったんだよ」

涙が、頬をつたう気がした。
いつか、僕は彼女を置いていってしまう。悲しませることになる。
それでも、僕の残した足跡が、君を幸せにできるなら、いつかが来るまで、ぼくは、

STORY.04
特売戦争と男の友情
mi里
本文イラスト／7:24
KAGEROU
DAZE

今、ここに――男たちの仁義《じんぎ》無き戦いが始まろうとしていた。

「みんな、準備はいい？」

カノの言葉に、メカクシ団の男たち、俺……シンタローとセト、ヒビヤ、コノハは、こくりと深刻《しんこく》な顔で頷《うなず》く。

特に俺なんかは、まるでこの世の終わりを目前に待ち構えているように真っ青な顔を晒《さら》しているのだろう。

カノの表情にも、いつもの余裕はないように見える。カノはぐるりと周りに視線を巡《めぐ》らすと、声を潜《ひそ》めて言った。

「じゃあ、作戦を整理しておこう。いい？　ここはもうすぐ戦場と化す」

コノハ以外の全員が、ゴクリと唾《つば》を飲み込んだ。

「失敗は、許されない」

「分かってるっす……」

「お、俺なんかが役に立つのかよ……」

俺が弱気な発言をすると、セトが、

「シンタローさんにしか、出来ないこともあるっすよ！」

と言って元気づけるようにバシバシと背中を叩《たた》いた。

痛《いて》ぇよ。

しかし、俺じゃなくても、普通の一般男子なら、この状況に絶望しか見いだせないのではないだろうか。

「人数は多い方がいいってことでしょ」

「僕、がんばるよ……」

シンタローの心情とは裏腹に、ヒビヤとコノハは一応やる気みたいだ。

まあコノハはよく分かっていない可能性もあるが。

ふと、こちらを見て、ひそひそと何かを話している奥様方が目に入る。

それを見た途端《とたん》、俺の脆《もろ》いハートは、いとも簡単に悲鳴をあげた。

いや、分かってはいるのだ、今俺たちは（非常に嫌なことに）目立って仕方ないのだと。

想像してみてほしい。男子五人が、額をくっつけて話し合いをする様は、端《はた》から見ればなんと滑稽《こっけい》なことだろうかと……スーパーの食品売り場でだ。

俺たちは、「特売の品を確実に確保する」という、俺からしてみれば困難極《きわ》まりない任務を与えられていた。死に物狂いで獲物《えもの》を狙《ねら》う主婦たちをかいくぐるのに、相当な覚悟《かくご》がいるのは明らかだ。

俺が現実逃避《とうひ》している間にも、作戦会議は進んでいく。

ちなみに、大まかな役割は、すでにアジトで決めていた。

「今日狙う獲物は、卵とジャガイモと、にんじん。特売が始まるのは、今から一時間後、ちょうど五時になってからだ」

「予定通り、二手に分かれるんすよね？」

「うん。僕とセトとシンタロー君のチームと。あとヒビヤ君コノハ君チームだね。ヒビヤ君とコノハ君には野菜を確保してもらおうと思う」

ヒビヤは不安そうな声を上げた。

「ふ、二人だけで大丈夫かな……？」

セトは安心させるように言った。

「野菜売り場は比較的広いんで、コノハさんがいれば、確実だと思うっすよ」

「そうそう、それにヒビヤ君の凝《こ》らす力もあるしね！」

「能力って、そういう使い方だっけ……？」

「細かいことは気にしないの！　……それよりも問題は、卵なんだよ」

カノは肩を落として、言った。

「え、なんだよ。卵そんなに厳しいのか……？」

俺が思わず声を上げると、セトは苦笑して首を振る。

「前回、俺とカノで来たんすけど、あっけなく」

迫《せま》りくる主婦に適《かな》わず、完敗したらしい。

「ま、まじか……」

このスーパー、どんだけ凄《すさ》まじい戦場になるんだ。確かに以前、俺の母親もボロボロになって帰ってきたことがあったが。

「でも！　今回はシンタロー君もいるから！　前回のようにはいかないよ！」

「そうっすね！」

え、待って待って。そんなに期待されても、俺、全然自信ないよ？

やめてくれ、足が震《ふる》えるじゃねえか。

「プレッシャーが……」

そう呟《つぶや》くと、またセトが俺の背中を叩いた。

その間にも時は刻々と迫っていた。

着々と増える同じ獲物を狙うハンターたちが、今か今かと待ちわびているのが視界を掠《かす》める。

「もうすぐっすね……」

「大丈夫、作戦通りにね」

「おう……」

緊張が極限まで高まったのか、いつの間にか、足の震えは止まっていた。

目配《めくば》せをして、頷き合う。

俺はなんとなく、今まで自分の身に起きたことを振り返った。

さっきは情けない姿を晒してしまったが……大丈夫、テロリストに比べりゃ、かわいいもんだ。そう思えば、幾分か気が楽になった。

「どう？　……いける？」

「ああ」

まだ特売が始まる少し前だが、すでに作戦は始まっていた。

俺は、時計を確認すると、カノに視線で合図を送る。

「オーケー！」

その瞬間、カノの姿は忽然《こつぜん》と消失し、どこにでもいそうなスーパーの店員の姿が現れた。

特売が始まる直前だ。

少しずつ集まる店員たちの中に、平然とカノは紛《まぎ》れた。

さて。卑怯《ひきょう》だが、確実な方法を取らせてもらおうじゃないか。


そして、戦いは始まる。


スピーカーから、タイムセールの開始を告げる店員の声が、大音量で響き渡った。

「「うぉおおおおお‼」」

その瞬間、卵を狙うセトと野菜を狙うヒビヤたちが、ばらばらの方向へ突っ込んでいく。

野菜は完全にあちらに任せるとして、俺は自分の仕事に集中しなければ。

勇ましく突っ込んでいったセトを目で追うと、主婦たちにもみくちゃにされながらも、比較的前の方へ陣取《じんど》れたようだった。

俺は人がほとんどいなくなった場所から、それらの様子を注意深く見守る。

きゃあきゃあという叫び声の中から「シンタローさん！」という声を聞き取った。

「呼ばれなくても、分かってるっての！」

セトの手は、卵を一パック掴《つか》んでいた。

店員に化けたカノが、後ろに商品を流す他の店員に紛れ、セトの方に多めにパックを流しているのだ。

それでもなかなか商品を掴めない可能性を見越して、セトは盗む能力を応用させ、人の気が一番逸《そ》れている場所を確保していた。

ここまでは前回もうまくいったらしいのだが、実際は卵を手にしてからが本番だという。せっかく手に入れても、奪われてしまっては意味がないのだ。

しかし、今回は――――。

「『シンタローさん（君）がいる!!』」

セトは腕を振り上げ、後ろを見ることなく、手に持った卵のパックをぶん投げた。

日頃からバイトで鍛《きた》えられている腕から放たれたパックは、主婦たちの頭上を綺《き》麗《れい》な弧《こ》をえがいて飛んでいく。

その一部始終をくまなく見ていた俺は……ついに動いた。

セトのパックを投げたときの腕の角度。パックが落ちるであろう場所。落ちてくるパックの入射角と速度の計算、演算――――。

「…………！」

その他もろもろを行使して俺は、最初からスタンバイしていたカゴで、パックをいなし、ふわりと衝撃を加えることなく卵をキャッチした。

「いける……！　いけるぞ！　これは！」

セトたちも、手応えを掴んだようだ。

荒れ狂う叫声《きょうせい》の中、虚空《こくう》に突き上げられた勝利の拳《こぶし》を、確かに俺は見た。

戦場は、あっという間に過ぎ去った。

時間にして、約数十秒。

肩を落として空のカゴを持つ者がいるなか、俺たちは再び集まり、カゴの中を覗《のぞ》き込んだ。

中には、パックが六つ。

カゴを持つ俺の腕には、確かに六パック分の重みが伝わっていた。

「…………やった」

最初に呟《つぶや》いたのは、誰だったか。

「や、やったよ……！　セト！　シンタロー君！　僕ら、やったんだよ！」

「信じられないっす！　六パックも……!?」

「ああ…………！」

俺たちは、歓喜《かんき》に打ち震えた。

今、俺を満たしているのは、確かな達成感と満足感だった。

大安売
SALE

目の前で起こったことが奇跡《きせき》のように思える。

「……やってやったぜ‼」

それ以上の言葉はいらなかった。今、俺たちの心は一つになっているのだ。

俺たちは、がっしりと手を握り合った。

何故《なぜ》か、目頭が熱くなってくる。

俺はたった今、ようやく理解した。

そうか、これが友情なのかと。仲間なのかと。

「ちょっと、シンタロー君ってば、何泣いてるの……⁉」

「……な、泣いてねえよ、バカ！　これは、えーと、……汗だ！」

「カノこそ、声が震えてるっすよ……！」

そして、さらに喜びを分かち合う仲間は増える。

叩かれた肩に振り返れば、そこには満ち足りた表情のヒビヤとコノハが立っていた。両手に、大量の戦利品をぶら下げている。

「お前らも、やったんだな……！」

コクリと頷いたその顔は、何かを乗り越えた男の顔をしていた。

きっとヒビヤとコノハも、戦場の中で、お互いを認め合ったのだろう。

まさか、こんなところで、こんな心境になるなんて。

しかし、男たちは思ったのだ。

〝やはり自分たちは仲間なのだ〟と。

肩を強く抱き合い、笑い合う。ふと見上げた天井《てんじょう》の蛍光灯《けいこうとう》は、男たちの汗と涙を、きらきらと照らしていた。

「あとはキドたちに合流するだけっすね……！」

「向こうはちゃんと肉の確保できたかなぁ……」

「大丈夫だよ、モモたちなら」

「ああ、そうだな」

「うん」

特売という名の戦場――そこは、互いの絆《きずな》を強く結ばせる、聖地だった――

STORY.05
記憶
本文イラスト／シチ
ココノミチ
KAGEROU DAZE

窓の外は、目も眩《くら》むような青だった。絵の具でべっとりと塗《ぬ》り固めたような鮮やかな青の中を、どっしりと構えた白が流れていく。それとは対照的であり無機質な白の部屋で、遥《はるか》は何をするわけでもなく、ぼんやりと外の世界を眺《なが》めていた。きっと外は暑いのだろう。想像することはたやすくても、陽炎《かげろう》揺《ゆ》らめくアスファルトがまるで絵本の世界のように感じてしまうほど、ここは快適だった。昨日も今日も平凡で、何一つ特別なことは起こらなかった。

それでも今が夏であることは、変えようのない事実だった。目を閉じれば、蟬《せみ》の声が負けじと冷房の音を搔《か》き消した。遥は、そんな蟬の声が嫌いだった。どれだけ耳を塞《ふさ》いでも、今が夏だと主張してくるその傲慢《ごうまん》さが嫌いだった。遥は夏が、嫌いだった。

そんな世界に、軽快で楽しげな足音が鳴り響いた。遥は窓から目を背《そむ》け、ドアに目を向けた。聞こえてきた話し声は、うるさい蟬の声さえ聞こえないように、耳を塞いでくれた。ドアが開けば、白い世界は一瞬にして沢山《たくさん》の色に彩《いろど》られた。

「こんにっちはー！　遊びに来ちゃいましたー！」

そう言って一番に飛び込んできたのは、元気なピンクの服の少女。彼女が、友人であり後輩でもあるシンタローの妹であり、しかも今をトキメク人気アイドルであることも、そもそもシンタローに妹がいたということも、遥は今まで全く知らなかった。その後に入って来たボーイッシュな服装の少女や、男らしい筋肉がついた爽《さわ》やかな少年、そして吊《つ》り目の常に笑顔でいる少年がアヤノの妹弟《きょうだい》であることも、さらにはわけがあって引き取った義理の家族であることも、最近になって知った話だ。

それでも、彼等の存在がずっと前から当たり前であったかのように、シンタローもアヤノも、そして以前より少しだけクマが薄くなった気がする、高校生活を全て一緒に過ごしたはずの少女でさえも、この状況に馴染《なじ》んでいた。

「おーい、貴音《たかね》ちゃーん！　なんでそんな奥に行っちゃってるのさ！　貴音ちゃんがこっちに来なきゃ、全然意味ないでしょー？」

「なっ、なんで私がそっち行くことが意味あるのよ！」

「だって、ねえ？」

そう言いながら、さも状況を全て知っていますとでも言わんばかりに、カノは満面の笑みを貴音に投げつけた。それに対抗しようと貴音もギロリと睨《にら》みを利《き》かせるものだから、遥は思わず微笑《ほほえ》んだ。なんだかんだ言って対抗しようと試みる貴音は、ご機嫌に違いないのだ。そのことに関して言えば、カノより自分の方がわかっているのだと遥は自負していた。

「はーあ。ほっんとアヤノちゃんに化けて学校に来てただけあって、知ったかぶりなんかしてムカつくわよねー」

「ちょっ、ちょっと⁉　その話題は無しだって！　そんなこと言ったら、エネちゃん……」

「ぎゃああああ⁉　その名前で呼ぶなあああああ！」

それでも貴音とカノの会話は、お互いがお互いの秘密を詳しく知っている大親友の会話のごとく、友人歴の長い遥を無視して進められた。入っていくことは、遥にはできなかった。

長い夢から覚めた後、遥がシンタローから聞いた物語。

カノが目を欺《あざむ》く能力でアヤノに化けて学校に通い、いつの間にか交流していたということ、貴音が目を覚ます能力で電子の世界に入り、エネという名前でシンタローの携帯やパソコンの中で暮らしていたということ、

「おまえらうっせーよ！　いい加減黙れ！」

「はあ⁉　先輩に向かって何よその言い方！」

「しゃーねえだろ⁉　だっておまえのそのノリってエネ……」

「エネ言うなああああああ！」

貴音がエネでいた時は、貴音の方がシンタローをいじっていたということ、無愛《ぶあい》想《そう》で人付き合いの苦手だったシンタローが、今では場を収める年長的な役回りになっていること、

「おい、おまえたち。せっかくヒビヤとヒヨリが来てくれたというのに、完全に置いてきぼりになっているだろう」

「そうっすよ～！　それにあんまり騒いだら、周りに迷惑かかるっす」

そう言って叱《しか》ったキドという少女が、アヤノの作ったメカクシ団の現団長ということ、セトという少年がバイトをして働いて生計を立てていたということ。

遥にとっては全て、全く知らない話だった。

今回の訪問は、ヒビヤとヒヨリの紹介だった。二人のことは、微《かす》かに覚えていた。二人が終わらない世界に紛《まぎ》れ込んだ時、助けなければいけないと必死にもがいたのだ。決して良い思い出とは言えなかったが、それでもこの再会を、遥は喜んだ。

一つの夏が、皆の運命を変えたという。遥自身も、目を醒《さ》ます能力を宿しているため、上手く使うことができれば元気な体になることができるという。発作《ほっさ》を起こして入院している時点で、全く使いこなせていないのだが。

遥はずっと、夏が嫌いだった。夏休みが始まれば、決まってひとりぼっちだった。元気な体で遊ぶ同い年の子供の姿は、遥にとって羨《うらや》ましいものだった。いつか元気な体になって友達と遊びたいと、何度も何度も願った。

結果今ではそれを手に入れることができる目前となっているわけだが、皆を変えたのは能力だけではないことを、遥は知っていた。終わらない世界に迷い込んだという冒険と、秘密基地で考えた作戦。遥自身は、終わらない世界でヒビヤとヒヨリといたことと、最後のみしか知らなかった。再会した皆は、変わってしまっていた。

先程までの騒がしさのせいか、面会時間を過ぎ、静けさを取り戻した病室は、何とも寂《さび》しく感じた。クーラーの室外機ですらはっきりと聞こえてくる独りぼっちのこの部屋に、鈴の音が一つ、小さく鳴いた。もう夏は終わるぞと、教えてくれているようだ。けれども、空調設備の効いたこの部屋で、涼しくなったかなんてわかりやしない。

せっかくできた友達と遊びたかった。不思議な世界で、冒険をしたかった。自分のいなかった夏を恨《うら》むことはしないけれど、それでも少しだけ、シンタローが嬉《うれ》しそうに、そして少し寂しそうに語るコノハという存在が、羨ましかった。

『もうウジウジうっさいなあ!!　とりあえず射的がやりたいんでしょ!?　じゃあもうそれで決定ね!?』

そう言ってノロマな自分を叩《たた》いてくれた貴音でさえ、本当に遠い人になってしまったかのように、やり遂《と》げたような笑顔が眩《まぶ》しかった。寂しさを紛らわせようと、遥はゆっくり、目を閉じた。


「遥？　遥なんでしょ⁉」

ふと聞こえてきた声に、遥は静かに目を開けた。病室ではない、全く知らない場所。そこで、自分のものではない携帯を手に持っていた。その中にいた鮮やかな青の少女が、泣きそうな顔をしてこちらを見ていた。

「ずっと会いたかったんだから……！　死んじゃったと思ってたんだからね！」

そう言ってその少女は、顔を覆《おお》って泣き出した。まるで夏空のような眩《まぶ》しい青に、遥は見とれた。

とりあえず何か答えなければと口を開けたが、何故《なぜ》か声は出てこなかった。彼女はどうして泣いているのだろうか。どうして自分のことを知っているのだろうか。聞きたいことは沢山あったし、大丈夫、生きているよと伝えたかったのだが、どうしてても声を出すことはできなかった。

「遥……、じゃないの？　じゃあ、あんたダレ……？」

途端、少女の様子は一変した。ギロリと睨む少女の目は、どこか貴音に似ている気がした。もしかして彼女は、皆が言うエネではないかと、遥は思った。

「あんたいったいダレよ。その姿、遥の作ったアバターのコノハそっくりよね。だって……。ねえ、あんたダレ」

違うよ。遥だよ。そう言いたくても、声が出ることはなかった。代わりに携帯がフルフルと震え、怒りのこもった表情が遥に向けられた。

「もういいです！　ご主人の所に連れていってください！　そうです、その携帯の持ち主のことです！」

顔を上げれば、シンタローの姿が見えた。とりあえず声をかけて尋ねてみよう。今度はうまく話せるだろうか。のんびりとそのようなことを考えていると、突然、眩しい光が遥を襲《おそ》った。瞬間、遥は目を閉じた。

「もー。せっかく来てやってんのに、いつまで寝てるのよ。いい加減起きなさい！」

聞き慣れた声に、遥はハッと目を覚ました。時計の針はもう十二時近くを指し、朝を通り過ぎて昼の訪れを告げていた。太陽の日差しを浴びながら、貴音が仁王立《におうだ》ちをして遥を覗き込んでいた。

「それにしても、珍しいわね。私より寝てるなんて」

「へ？　貴音？」

ようやく状況を理解できた遥は、ベッドから飛び起きた。自分のいる場所は間違いなくよく見知った病室で、声も普通に出すことができた。となると、さっきまでのあれは夢なのだろう。それにしても、やけにリアルな夢だ。

ふと、夢の中での疑問が頭に浮かんだ。青空のような電子の少女。彼女はいったい誰なのだろうか。

「ねえ、貴音。貴音がエネの姿になったらどんな……」

「ああああ、あんたは知らなくていいのよ！　誰かに変なこと吹き込まれてないでしょうね……」

少しムスッとしてギロリと睨んだその表情は、やはり夢に出て来た青い少女とそっくりな気がして、遥は首を傾《かし》げた。やっと会えたと泣いていた、電子世界の少女。嬉しそうに泣いていた少女は、いつもの貴音より……、

「あれ？　どんな顔だったっけ……」

なんとなく覚えている少女の目も口も、詳細は曖昧《あいまい》でおぼろげだった。貴音と比べようとすればするほど、少女の表情は霞《かす》んで消えた。

「どうしたのよ」

「いや……、貴音みたいなツインテールをした、青い服を着た女の子が、携帯の中に……」

「ぎゃあああああ⁉　やっぱりあんた、誰かに何か吹き込まれたでしょ⁉　もしかして写真とか見た⁉　あああああ、あのハイテンションの状態で恥ずかしい格好《かっこう》やら台詞《セリフ》やらああああああ！」

そう言ってうずくまった貴音の背を、遥は慌《あわ》てて撫《な》でた。案の定いつものように殴《なぐ》られたのだが、その体温が温かいことに、どうしてかほっとした。

夢の中の少女の感触は、携帯の中にいるのだから当たり前ではあるのだが、冷た

かったということだけは、何故か強く覚えていた。

「マ、マジかよ……。都市伝説じゃなかったのか……！」

ふと聞こえたシンタローの声に、遥は目を開けた。現在は夜。貴音が帰った後夕食を食べ、寝る支度《したく》をしたはずなのだが、ここは路地《ろじ》の一角だった。目の前では、シンタローが自動販売機の飲料受け取り口をごそごそと漁《あさ》っていた。

いやいやそんなはずはない。確かに自分は病院にいて、そして寝たはずなのだ。

「二本買う手間がはぶけたぜ」

そんな遥を無視して、シンタローは黒色炭酸飲料を遥の手に渡した。シンタローの表情は遥の記憶とかけ離れていて、メカクシ団同士で会話をしている時の様子に似ていた。お礼を言わなければと口を開けたが、またしても声が出ることはなかった。ただ何故かシンタローが笑って、それから飲み始めたので、遥も同じように飲み始めた。

味は無かった。今いる場所も。遥は全く知らなかった。細い路地が、迷路のように伸びている。こんな場所、体の弱い遥が来たことがあるはずはなかった。きっとこれは、昨晩見た夢と似た類《たぐい》のものなのだろう。ただ確かに、渡されたペットボトルが冷えて濡《ぬ》れているということはわかった。

「うめぇだろ」

そう言ったシンタローは笑っていて、遥はただ流れのまま、コクリと頷《うなず》いた。シンタローが何かを言った気がしたが、それを聞き取る前に、遥は目を覚ました。

「あ、こんにちは！」

「ども」

その日やってきたのは、唯一記憶と変わらないままニコニコと笑っているアヤノと、ぶっきらぼうに挨拶《あいさつ》をしたシンタローだった。メカクシ団として来るときはもう少し穏《おだ》やかな表情をしているのだが、このメンバーだけだと元に戻るらしい。悲しい話だ。

「シンタロー君、もうちょっとリラックスしてもいいんだよ。メカクシ団だっけ？

その時はとても楽しそうだったよね」

何も考えないまま思ったことを口にすれば、シンタローはピクリと体を震わせて、そして目を逸《そ》らした。あーだのうーだの気まずそうに声を出している所を見ると、どうやらまずいことを言ってしまったらしい。やはりあの夏を知らない自分の前ではまだ、心を開いていないのだろうか。

「きっと、シンタローは恥ずかしがってるんだと思います。私と二人の時もそうなんですけど、急には変えにくいみたいで……」

そう言ったアヤノもどこか寂しそうで、そう言えば彼女もまた、終わらない世界にいたのだということを思い出した。

「べ、別にちげーし！　あ、いや……」

「シンタロー？」

「あー、もう！　なんでもねえよ！」

それでも、コノハの話をしている時はもっと穏やかな表情をしていたところを思い出すと、やはり少しだけ、寂しい気分になった。

「ねえ、シンタロー君」

ただ、遥の中で、一つの仮説ができていた。何度か見たことのある、メカクシ団の中にいる時のシンタローの様子は、夢の中の様子と少し似ている気がしたのだ。

「昔、僕と二人でコーラ飲んだことある？　自動販売機で買ったら当たりがでて、二人で一緒に飲んだ、とか」

そう言えば、シンタローは目を見開いて、遥を見つめた。そうして少し寂しそうな顔をしたものだから、遥は確信した。

「なんだろう。僕は記憶にないんだけれどね。そんな気がしたんだ。気のせいだったら、ごめんね」

「……多分、気のせいっすよ」

そう言って目を逸らしたシンタローを、遥は見逃さなかった。多分、この夢はきっと……。

眠りに付き、再び目を開けると、遥は路地裏を歩いていた。人一人やっと通れるレベルの狭さだ。目の前には、紫色のパーカーを着た少女が一人、先導を切っていた、突然立ち止まると、振り向いて静かに微笑み、そして言った。

「ここが、俺たちのアジトだ」

振り向けば、シンタローも、その妹のモモも、そして背中にはヒビヤもいた。

107と書かれたドアが、木製の塀の間にあった。それを開ければ、つなぎを着た少年と、そして白い髪のお人形のような少女が出迎えてくれた。

「今から飯を作る。少しそこで待っていてくれないか？」

そう言って指を差された場所は、黒いソファーだった。遥は、体の動くままにそこに座った。そして、決して忘れまいと、その様子を眺めた。

『アジト、って呼んでた場所があったんだ』

『秘密基地みたいでかっこいいんですよー！』

『ほとんどキドの中二病満載《まんさい》の趣味なんだけどねー！　いたい！』

『いつか遥さんもそこに集まって話をしようっす！』

『遥さんも、お友達、なんだよね？　だったら来てほしいなあ。お茶、いれるよ！』

説明してくれた時の、皆の言葉を遥は思い出していた。秘密基地に、遥は行ったことがない。だから、知るはずもわかるはずもないというのに、今いる場所はそのアジトであると遥は理解できた。目を凝らしてみても、詳細はわからなかった。細かく見ようとすれば見ようとするほど、多くの所がぼやけて見えた。おそらくそれは、仕方ないことなのだろう。だってこれは、おそらく彼の記憶なのだから。

出てきた食事はやはり味がしなかったけれども、美味《おい》しかったのだということだけは、なんとなく理解できた。


目を覚ますとそこは、やはり見なれた病室だった。遥は、いつも側《そば》に置いているスケッチブックを取り出し、真っ白のページを開けた。できれば、忘れないように描き留めておきたかった。

きっとこれは、体だけ現実世界に戻ってしまった時の記憶なのだろう。遥の願いが叶《かな》ってしまえば、取り付いた蛇の自我は消えてしまう。赤ん坊のような、子供のような性格だったらしいから、きっと冴《さ》える蛇よりうんと年下だったのだろう。彼は、何を考え、この世界を見たのだろうか。

「……やっぱり、絵に描くのは難しいな」

思いだそうとすればするほど、夢は曖昧になって溶けていった。細かく描こうとすれば、それはただの妄想《もうそう》の産物のようで、違って見えた。知りたかった。あの夏の風景を。

「そうだ」

遥は、そばを通った看護師を呼び止めた。体はまだ上手く動かすことができないから、きっと迷惑をかけてしまうことだろう。それでも、そんな迷惑をかけてまで、遥は知りたいものがあった。

「あの、この病院の中で、一番景色がよく見える場所って、どこですか？」

看護師に初めて言ったわがままだったけれども、当たり前のように車椅子《くるまいす》を用意してくれて、屋上へと案内してもらった。

外はやはり、夏だった。冷房もなければ日差しを遮《さえぎ》る天井《てんじょう》もない。あるのは空と雲と、湿った夏の風だけ。遥の大っ嫌いな夏は、眩しくって痛かった。

車椅子を押せば、汗は滴《したた》り落ちた。どれほどぶりの運動であろうか。寝たきりの生活だった遥にとって、こんなささいな運動ですら辛《つら》かった。あまりにも外の世界は暑すぎた。それでもそんな熱を、風が汗と共に吹き飛ばした。

今日も昨日と変わらない晴天だった。それでも、窓を通してではない入道雲は、こんなにも大きかったのだと遥は思い知らされた。街が見えるまで、後一押し。

床が途切れた。

世界が、広がった。

そこから見えた風景を、遥は知っていた。コンクリートと鉄で作り上げられた風景は、遥にとって懐《なつ》かしいものだった。見渡せば見渡すほど、記憶が次々と蘇《よみがえ》ってきた。それは、あの夏に確かに遥の体がそこにあったのだと簡単に証明することができた。魂が他の別物だとしても、脳も感覚器官も全て遥自身のものであることは間違いなかった。

不思議な感覚だった。この街を駆け巡るという、経験したことのないはずの情景が、次々と浮かんでくるのだ。行ったことのない公園も、狭い路地も、全て知っていた。

『おまえもメカクシ団の一員だ』

そう言った少女の声が、聞こえてきそうな気がした。ただその時の表情は曖昧で、それがどうしてももどかしかった。

「もっと、あっち」

と、どこからか、声が聞こえた。それは紛《まぎ》れもなく自分の声で、それでも話し方は、少しだけ幼く感じた。

「近づいて、僕に、見せて」

その声の主の存在を、遥は知っている気がした。

「君と、話がしたいな」

車椅子を押して、遥はフェンスの近くまで進んだ。それでも、座ったままだとよく見えないようだ。

「祈って、そして、立って」

どうやら彼は、シンタローの言うとおり、かなり優しい蛇らしい。願えば、どくり、どくりと体が造り変えられていく感覚がした。車椅子でさえ動かすことに労力の必要だった体で、遥は簡単に立つことができた。

立てば世界は、また変わって見えた。夏の風を体全体で感じることができた。屋上という一八〇度開けたその場所は、まるで空の真ん中にいるような気にさせた。

「君は、何を知ってるの?」

「わからない。でも、聞いてくれたら、話すよ」

「そうか。じゃあ……」

どうやら彼は、ノロマだと思っていた自分より数倍ノロマらしい、と、遥は思った。それでも、遥は尋ねた。シンタローから聞いたわけではない、コノハの目から見た世界。電車に乗って、それから白い髪の女の子の家に行ったこと、夜の街をヒビヤとヒヨリを探してカノやキドと走り回ったこと、せっかく見つけたのに逃げられてしまったこと、アジトで食べたご飯が美味しかったこと、もちろん先生の家で食べたご飯も美味しかったこと、先生が買ってきてくれたネギまの味が最も美味しかったこと。

「だからね、君も、ネギま食べて。絶対に美味しいから」

その言葉は、まるで彼の最期の言葉のようだった。

「あ、あと、コーラも、美味しいんだ。シンタローのくれた、あの箱の中から出てきたコーラだよ」

それはきっと、どこにでもあるものだろうが、彼にとっては特別だったのだろう。だって、きっとそれは、初めて彼が出会ったものだったのだから。

「それと、ね。あの、アジト、で食べたご飯も、美味しかったんだよ。あのね、皆で食べたの。いっぱいいっぱい、お話しながら食べたんだ」

そしてきっと、初めてできた友達と食べたものなのだから、美味しいに違いない。

だって……、

『あ、貴音にもあげるよ？　ほら好きなの食べて！』

文化祭の出し物の、生徒の作ったソースたっぷりの焼きそばも、こげて形の崩れたたこ焼きも、ただ串《くし》に刺して焼いただけのウインナーだって、友達と食べれば、どれだけ美味しい食事よりも何倍も、美味しく感じてしまうのだから。

後ろから、騒がしい足音が聞こえてきた。もうきっと、彼と話すことはできないのであろうと、遥は悟《さと》っていた。だって、もうすぐ願いが叶ってしまう。そうしたら、彼は消えてしまうのだろう。

蝉の声も、この青空も、今が夏だということを教えてくれていた。遥は夏が嫌いだった。だって、遊びたくても、すぐ体調を崩して倒れてしまうから。

ずっと願っていた。元気な体になって、皆と遊びたいと。

「遥ー！　ここにいたのね！」

サヨナラの、時が迫っていた。

「ありがとう」

それでも、最期に聞こえたその声は、とても幸せそうだった。

「絶対、コーラ、飲んでね。約束、だよ」

遥の髪は、灰色に染まっていた。

頬《ほお》には、模様が描かれていた。

確かにコノハは、ここにいた。

「ねえ、シンタロー君。今度は僕に、コーラおごってほしいな」

「は⁉　あ、いや、別にいいっすけど……」

「あ、どうせなら皆で飲みたいなあ。貴音とも、皆で集まって」

「それもそれで楽しそうっすね。……って、まさかそれも全部俺のおごり⁉」

「いいじゃないかな。皆で飲むと、美味しいからね」

「そういう問題じゃねーよ‼」

「あはは、楽しみだなあ」


遥は夏が、嫌いだった。

けれども今は、夏が好きだ。

あとがき

夏の音

翠寿

ノベルアンソロジーの発行おめでとうございます。少年少女らしくはしゃぐメンバーが書けてとても楽しかったです。ありがとうございました。これからも一ファンとしてカゲプロを追いかけていきたいと思います。

Goodbye dreamforest

風街ちとせ

まさかの公式アンソロジーに掲載だなんて、恐縮です。ここだけの話、身内に知らせた時には「詐欺じゃないの?」と言われてしまいました。ちなみにこの話の具体的な中身が決まったのは、雨音が響く夏の夜です。からりと晴れた空の本編とは違った空の二次創作をそれはそれでありかもと思っていただけたら幸いです。

同級生と閉じ込められた

こーた

シンタローとアヤノ（もうこの二人は結婚すればいい）が好きで書いた小説ですが、予想以上に例の父親が邪魔してきたので空気読んでよちょっとと言いたくなる場面がかなりありましたね。でもその場面が書いてて一番楽しかった部分でもあります。では、読んでいただきありがとうございました!

記憶

ココノミチ

今回は、カゲプロの中でも大好きな楽曲の一つ、「サマータイムレコード」をテーマに執筆させていただきました。忘れてしまった思い出も、辛かった出来事も、すべてが今の自分を作っているのかなと思うこの頃です。辛くても前を向いて生きる、カゲプロのキャラクター達の生き方が大好きです。ありがとうございました。

特売戦争と男の友情

mi里

自分の作品が選ばれるなんて思ってもみませんでした。連絡が来たときは夢なのではないかと思ったくらいで、本当に嬉しい限りです。カゲプロはファンも一緒になって楽しめたりと本当にいろんな可能性のある作品ですよね。書いていてとても楽しかった私です。短い文章で恐縮ですが、楽しんでもらえたら嬉しいです。

ベルアンソロジー
発売おめでとうございます!
今回恐れ多くも
表紙を担当させて
いただきました!!!
-龍華-

Goodbye dreamforest
頑張り屋のセトくん
せつないマリーちゃん
イケメン優しいキドさん
期待を裏切らないカノ
飯テロの食事描写
最高です。
お茶

小説アンソロジー発売
おめでとうございます!!

はじめましての方ははじめまして！藤織といいます。
pixivでこのコンテストの結果が発表され、どの作品もとても素敵で1人でソワソワしておりました…！
今回はこのような作品に関わらせていただき有り難うございました!

字が汚いぞ…

黒色コンビ好きです

夏といえば
カゲプロ!
カゲプロといえば
夏!!
※水着です。
ありがとう
ございました。
花咲まにお

pixiv小説
アンソロジー
発行おめでとうございます!!
チラシ
SALE!
SALE!!
50% OFF!
30% OFF!
「特売戦争と男の友情」の
挿絵を描かせて頂いたのですが
女子組の様子も見たいぐらい
おもしろかったです!
他の作品も楽しみです!
ありがとうございました!!
7:24

ありがとう
ございました!!
楽しく描かせて頂きました。
シチ

KCG文庫

カゲロウデイズ ノベルアンソロジー

2015年2月10日　初版発行

原作・監修　じん(自然《しぜん》の敵《てき》P)
著　翠寿《すいじゅ》ほか

発行人　青柳昌行
編集人　三谷 光
発　行　株式会社 KADOKAWA
〒102-8177 東京都千代田区富士見2-13-3
TEL 0570-060-555(ナビダイヤル)
http://www.kadokawa.co.jp/
企画・制作　エンターブレイン
〒104-8441 東京都中央区築地1-13-1
銀座松竹スクエア
編　集　KCG文庫編集部
印刷所　暁印刷
製本所　BBC

●本書の内容・不良交換についてのお問い合わせ
エンターブレイン・カスタマーサポート　TEL 0570-060-555
(受付時間 土日祝日を除く 12:00～17:00)
メールアドレス support@ml.enterbrain.co.jp
(メールの場合は、商品名をご明記ください)

定価はカバーに表示してあります。

Printed in Japan
ISBN 978-4-04-730255-6　C0193　か-1 1-1